Baltasar Gracián

세상을 여는 지혜의
황금열쇠

지은이

발타자르 그라시안 Baltasar Gracián y Morales

17세기 에스파냐의 대문호이자 철학가. 필명 로렌조 그라시안Lorenzo Gracián. 1601년 1월 8일 에스파냐에서 태어난 발타자르 그라시안은 1619년, 예수회에 입단한 이래로 수도회의 여러 학교에서 제자들을 가르쳤다. 이후 타라고나Tarragona의 예수회 신학교 학장을 역임했다. 또한 종군 성직자로서 용기와 달변을 입증하여 병사들로부터 '승리의 대부'라는 별칭을 얻기도 했다. 철학적 사상을 기반으로 한 대표적인 저서로는 『비평가』, 『영웅』 등이 있다. 1658년 12월 6일, 58세의 나이로 타라고나에서 생을 마감했다.

옮긴이

아르투르 쇼펜하우어 Arthur Schopenhauer

염세 사상의 대표자로 불리는 철학자. 1788년 2월 22일 독일 단치히에서 태어난 아르투르 쇼펜하우어는 1811~1813년, 베를린 대학교를 다녔다. 1813년, 루돌슈타트에서 박사학위 논문을 완성하여 예나 대학교으로부터 철학박사학위를 받았다. 베를린 대학교에서 독일 관념론의 대성자 헤겔과 맞서는 강좌를 개설했다가 완패한 뒤 은둔 생활 속에서 학문 연구에만 몰두했다. 저서로 『의지와 표상으로서의 세계』, 『시각과 색채에 대해서』, 『의지의 자유에 대하여』, 『독일 철학에 있어서의 우상 파괴』 등이 있다. 1860년 9월 21일, 72세의 나이로 프랑크푸르트에서 생을 마감했다.

옮긴이

강희진

한국외대 통역번역대학원 한독과 통·번역 졸업. 각종 국제 행사에서 통·번역을 담당했으며, 현재 전문 번역가로 활발히 활동 중이다. 번역서로는 『카프카 작품선』, 『여자는 모든 것을 원하고 남자는 단 한 가지를 원한다』, 『하루 30분 – 더 큰 성공을 위하여』, 『리더의 지혜를 담은 동화책』, 『작은 벤치의 기적』, 『직관의 힘』 등이 있다.

세상을 여는 지혜의

황금열쇠

Baltasar Gracián

발타자르 그라시안 지음
아르투르 쇼펜하우어 옮김
강희진 옮김

새론북스

평범함 속에서 빛을 발하는
그라시안식 삶의 지혜

Baltasar Gracián

"현명해지라, 꼭 필요한 만큼만 예의를 갖추는 게 바로 현명한 것이다.

그리하면 성공이 보장될 것이요,

그리하면 사람들이 너를 완전하다 여길 것이다!"

Baltasar Gracián

이 책은 지성에 인생의 깊은 맛을 더해주고
우아한 방법으로 즐거움을 배가시켜줄 것이다.

오늘날 모든 것들이 정점에 달했다. 그중에서도 자신의 능력을 인정받는 부분은 최고점에 달했다. 예전에는 일곱 가지를 갖추면 지혜로운 자로 인정받을 수 있었지만 지금은 더 많은 것을 갖추어야 한다. 또 예전에 한 나라의 백성 전체를 만족시킬 때보다 오늘날 단 한 사람을 만족시킬 때에 더 많은 것이 요구된다.

심장과 머리는 능력이라는 태양계가 지닌 두 개의 극이다. 둘 중 하나가 빠지면 절반의 행복밖에 얻을 수 없다. 지성만 으로는 충분치 않다, 인품도 필요하다. 멍청한 자들의 비애는 자신이 처할 상황, 직업, 국가, 친구들을 잘못 선택한다는 것 이다.

마음속 계획을 불확실한 상태로 놓아두라. 새로운 것에 대한 경탄이 곧 성공을 평가하는 척도가 된다. 패를 다 보여주고 게임에 응하는 것은 도움이 되지도 유쾌하지도 않다. 자신의 의도를 즉시 밝히지 않음으로써 남들의 기대를 자극할 수 있다. 고위 관직에 몸담고 있어 대중들의 관심의 대상이 되는 경우에는 더더욱 그리해야 한다. 매사에 일말의 은밀함은 남겨 두어야 한다. 그러한 과묵함이 오히려 경외심을 불러일으키기 때문이다. 심지어 자신의 의사를 밝힐 때에도 너무 분명한 표현은 피해야 하고, 대인관계에서도 함부로 속내를 드러내지 말아야 한다. 신중한 침묵은 현명함을 신성의 경지까지 끌어올린다. 사람들은 입 밖으로 내뱉은 계획을 절대 높이 평가하지 않는다. 오히려 비난에 노출될 확률만 더 높아질 뿐이다. 엎친 데 덮친 격으로 상황까지 악화되면 두 배의 불행을 감당해야 한다. 그러니 차라리 신이 우리를 다스릴 때처럼 상대방의 추측과 불안감을 유지시키는 것이 좋다.

지식과 용기가 위대함을 구축한다. 지식과 용기 속에 담긴 고유한 특성은 그 둘을 지닌 자에게 불멸성을 안겨준다. 본디 사람은 자신이 아는 만큼의 가치를 지니고, 현명한 자는 모든 것을 해낼 수 있다. 지식이 없는 인간은 빛이 없는 세상과 같으며 지혜와 강인함은 두 눈, 그리고 양손과 같다. 그러나 용기가 없는 지식은 결실을 맺지 못한다.

다른 이들이 나에게 의존하게끔 하라. 우상은 도금장이가 아니라 숭배자들에 의해 만들어진다. 영리한 자는 사람들이 자신에게 감사의 마음을 갖도록 만드는 것보다 자신을 필요로 하게 만드는 것에 더 열중한다. 희망이라는 끈으로 대중을 이끄는 것은 귀족의 방식이요, 감사하는 마음에 기대는 것은 농군의 방식이다. 후자는 금세 망각되지만 전자는 오랫동안 기억에 남는다. 의무감 때문에 내게 예의를 차리는 자보다는 내게 의존하는 자에게서 더 많은 것을 얻어낼 수 있다. 본디 갈증을 해소하고 나면 우물에 등을 돌리는 법이고, 황금 접시 위에 있던 오렌지도 즙을 짜고 나면 쓰레기통 속으로 들어가고 마는 법이다. 의존할 필요가 없어지면 사람들은 이내 순종적인 태도를 버리고 그와 더불어 존경심도 버린다. 그러니 경험에 의한 최고의 지혜를 따르자면 사람들에게 기대를 심어주되 그 기대를 완전히 충족시키지는 말아야 하고, 무엇보다 사람들로 하여금 자신을 늘 필요로 하도록 만들어야 한다. 최고 권력을 지닌 자의 경우도 마찬가지다. 그러나 지나친 침묵

을 앞세워 상황을 극단으로 몰아가는 우를 범해서는 안 되고
사리를 채우기 위해 타인에게 돌이킬 수 없는 피해를 입혀서
도 안 된다.

완전한 사람이 되기 위해 노력하라. 인간은 완성된 상태에서 태어나는 것이 아니다. 모든 재주가 완전히 몸에 배고 모든 선한 성품들이 개발되어 완성되는 시점까지 매일 매일의 노력을 통해 인격과 소양을 연마해 나아가는 것이다. 취향이 고상해지고, 사고가 정제되고, 판단력이 성숙하고, 의지가 순수해지면 그 시점에 도달한 것으로 간주한다.

상사를 이기는 일이 없도록 조심하라. 자기보다 뛰어난 자를 좋아하는 이는 아무도 없다. 상황이 이런데도 불구하고 감히 상사를 능가하는 자는 멍청이거나 비운의 화살에 맞은 자일 수밖에 없다. 자기보다 뛰어난 자는 늘 미움의 대상이 되고, 뛰어난 자일수록 지기를 더 싫어한다. 신중한 자라면, 예컨대 허름한 옷을 입어 뛰어난 외모를 감추는 등 자기보다 신분이 높은 자에게 없는 자기만의 장점을 감춘다. 다른 이가 자기보다 운이 좋은 것, 나아가 인품이 뛰어난 것은 참아줄 수 있을지 모르지만 지성에서 뒤지는 것을 좋아할 사람은 아무도 없다.

냉정을 유지하라. 이는 최고로 위대한 정신력이며, 이러한 우월함에 힘입어 비열한 손가락질의 대상이 되는 것을 모면할 수 있다. 자기 자신, 그리고 자신의 감정을 절제하는 것보다 더 뛰어난 절제는 없다. 자제력은 자유의지를 승리로 이끈다. 만약 감정을 도저히 자제할 수 없다면 절대로 고위 관직에 몸담아서는 안 된다. 이는 신랄한 비판을 피하는 길일 뿐 아니라 명성을 얻는 지름길이기도 하다.

국가적 결함을 부인하라. 아무리 지식인들로 가득한 나라 일지라도 고유한 결함은 지니고 있고, 이웃 국가들은 자국보호를 위해, 혹은 경고의 목적으로 그 결함을 꼬집곤 한다. 이런 경우, 자국의 결함을 개선하거나 최소한 감추는 것이 바람직한 대처방안이다. 그리함으로써 비슷한 부류들 중에서 군계일학이라는 명성을 얻을 수 있다. 원래 사람들은 가장 기대하지 않았던 부분을 가장 높이 평가한다. 한편, 이러한 결함은 가족, 신분, 직업, 연령 등에서도 존재한다는 사실을 잊지 말아야 한다.

10

행복과 명성. 전자처럼 가변적인 것도, 후자처럼 불변하는 것도 없다. 전자는 삶에 해당되는 것이요, 후자는 그 이후에 해당되는 것이다. 또 전자는 질투심에 대항하는 수단이고 후자는 망각에 대항하는 수단이다. 행복은 날 때부터 바라며 장려하는 것이고 명성은 획득하는 것이다. 명성을 얻고자 하는 바람은 가치관에서 비롯된다. 예나 지금이나 거물과 자매지간인 명성은 극단적인 자, 괴이한 자, 비범한 자, 혐오의 대상, 갈채의 대상 뒤를 늘 따라다닌다.

배울 점이 있는 자들과 어울리라. 교우交友는 지식을 얻을수 있는 학교이자 즐거움이 동반되는 배움터다. 따라서 친구들을 스승으로 삼아야 한다. 또 배움에서 오는 이익과 사교에서 오는 즐거움이 씨줄과 날줄처럼 엮이게 해야 한다. 우리는대개 어떤 이익이 있을 때 남들에게 접근하는데, 친구관계야말로 우리에게 가장 큰 이익을 주는 관계다. 사려 깊은 자들은위대한 귀족들의 저택을 자주 찾는데, 그들의 저택은 허영의궁전이기보다는 위대한 자들 간의 만남의 장이다. 뛰어난 처세술을 지녔다는 평판을 듣는 자들을 보면 그들 자신의 모범적인 생활태도와 대인관계 때문에 위대한 신탁이라는 명성을누리기도 하지만, 자신들을 둘러싼 무리와 함께 온갖 선하고고결한 지혜를 나누는 배움의 장을 연출하기 때문에 높은 평판이 돌아가는 것이기도 하다.

자연과 기술. 하나는 소재가 되고 하나는 작품이 된다. 어떤 아름다움도 가꾸지 않으면 영원히 지속되지 않고, 아무리 완벽한 것일지라도 기술에 의해 격상되지 않으면 야만적 상태로 타락하고 만다. 기술은 나쁜 점들을 보완하고 훌륭한 것들을 완성시킨다. 자연은 으레 우리가 최상의 것들을 얻으려는 찰나에 우리를 저버린다. 그럴 때 피난처가 될 수 있는 것이 바로 기술이다. 기술이 없다면 아무리 천연의 아름다움을 간직한 것일지라도 무지한 상태를 벗어나지 못하고, 아무리 완벽한 것일지라도 교육이 더해지지 않으면 반쪽짜리밖에 되지 않는다. 기술을 단련시키지 않은 자는 거친 상태에 놓인 것과 다름없다. 따라서 우리는 모든 면에서 완벽함을 연마해야 한다.

도움이 되는 지성인들을 주변에 두라. 탁월한 통찰력을 지닌 이들을 곁에 둘 수 있다는 것은 권력자들이 누리는 행운이다. 현명한 자를 신하로 두는 것은 특별한 권력을 지닌 것과 같다. 그리고 천성적으로 나보다 뛰어난 자들을 내 밑에 두는 기술은 인생 최고의 기술이다. 지식은 길고 인생은 짧다. 아무것도 모르는 자는 살아도 사는 것이 아니다. 따라서 커다란 공을 들이지 않고 무언가를 배우는 것, 다양한 사람을 통해 다양한 지식을 쌓고 나아가 모든 것을 깨닫는 행위는 그야말로 지혜로운 행동이다. 그렇게 쌓은 충고들은 나중에 사람이 많이 모인 자리에서 연설을 할 때 주옥이 되어 내 입에서 흘러나오고, 그 결과 나는 타인이 흘린 땀으로 인해 신탁받은 자라는 명성을 얻는다. 지성인들은 우선 교훈들을 한자리에 모아 정리하고, 이후 그 지식들을 금언으로 모아 제시한다. 그런 지혜로운 자들을 부릴 능력이 없는 자라면 그들과의 교류를 통해서라도 이익을 취해야 한다.

14

진솔한 의도를 지닌 지성이 모여 부단한 성공을 보장한다. 건강한 이성이 사악한 의지와 결합하면 뒤틀린 폭력만 양산한다. 악의는 모든 종류의 완벽함을 독으로 물들인다. 거기에 지식까지 더해지면 매사가 기묘하게도 실패로 돌아가고 만다. 지성이 배제된 지식은 두 배의 멍청함일 뿐이다.

_15_

일을 처리하는 방식에 변화를 주라. 인간은 늘 같은 방식으로 행동하지 않는다. 타인의, 특히 적수의 주의력을 혼동시키기 위해서 필요할 때마다 방식에 변화를 주는 것이다. 한 방향으로 일관되게 날아가는 새를 맞히는 것은 쉽지만 이리저리 방향을 바꾸며 날아가는 새를 맞히기는 쉽지 않다. 게임을 할 때 상대방이 예측하는 방향으로 말을 옮겨서는 안 된다. 상대방이 원하는 방향으로는 더더욱 옮기지 말아야 한다.

근면과 재능. 이 두 가지가 없으면 탁월한 인물이 될 수 없다. 그러나 이 둘을 잘 조합하면 최고의 수준에 오를 수 있다. 평범한 머리를 지닌 자가 부지런할 때, 총명하지만 게으른 자를 능가한다. 노력은 명성을 얻기 위해 지불하는 대가이고 값없이 얻는 것은 그만큼 가치도 떨어진다. 고위관직에 있는 자들 중에도 근면성이 부족한 이들이 있다. 그러나 재능이 없어 괴로워하는 이들은 거의 없었다. 하위 직책에서 뛰어난 자가 되기보다 차라리 상위 직책에서 평범한 자가 되겠다는 소망은 그나마 용납이 된다. 그러나 상위 직책에서 탁월한 능력을 보일 수 있는 자가 하위 직책의 평범한 자인 것으로 만족할 경우에는 용서의 여지가 없다. 어쨌든 기본적으로 필요한 것은 천성과 기술이다. 여기에 근면이 더해지면 성공은 보장된 것이나 다름없다.

어딘가에 임할 때 지나친 기대를 품지 마라. 모든 종류의 과장誇張은 으레 불행으로 마감한다. 마음속으로 상상하던 것들이 모두 충족되지 않기 때문이다. 바라는 바에 상상력이 더해지면 늘 실체보다 더 큰 것을 그리게 마련인데, 아무리 탁월한 것이라고 할지라도 마음속의 기대를 충족시키기에는 불충분하다. 그러한 허황된 과장에 여러 번 속다보면 탁월한 것들도 감탄을 자아내기는커녕 오히려 환상만 깨뜨린다. 약간의 기대는 상대방에게 호기심을 유발할 수 있고 내 쪽에서 부담을 느끼지 않아도 되어서 좋다. 그보다 더 나은 것은 상대방의 기대를 뛰어넘는 것, 기대보다 더 큰 것을 보여주는 것이다. 그러나 악한 자들에게는 이러한 규칙이 통하지 않는다. 그들은 과장된 기대를 무너뜨리기 좋아하고 혐오스러운 것마저 참을 만한 것처럼 보이게 만드는 재주를 지녔다.

행복에도 규칙이 있다. 현명한 자에게 우연이란 존재하지 않는다. 행복에는 노력이 뒷받침되어야 한다. 행운의 여신의 신전 앞에 느긋하게 자리 잡고 문이 열리기만 기다리는 자들이 있는가 하면, 앞으로 나아가려 노력하며 가치와 용기라는 날개를 타고 현명하고도 대담하게 여신에게 다가가 기회를 얻으려는 자들도 있다. 후자가 더 뛰어난 자들이다. 그러나 철학적으로 심사숙고해보면, 결국에는 미덕과 통찰력이라는 길 외에 다른 길은 없다. 행복과 불행도 결국 현명함 혹은 멍청함에 의해 좌우되기 때문이다.

흠이 없다는 것은 완전한 인간이 되는 데 필수적으로 불가
결한 전제조건이다. 신체적으로나 도덕적으로나 고민거리가
하나도 없는 이는 많지 않다. 하지만 그러한 고통을 쉽게 치유
된다고 믿고 오히려 그 고통을 즐겨야 한다. 명성에 얼룩이 질
때도 있다. 그렇게 되면 금세 기분이 언짢아지고 자꾸만 그쪽
에 신경이 간다. 이럴 때 가장 현명한 대처법은 카이사르가 신
체적 약점을 월계관으로 가린 것처럼 얼룩을 장신구로 둔갑
시키는 것이다.

상상력을 조절하라. 때로는 생각이 흐르는 방향을 올바른 쪽으로 교정하고 때로는 생각에 날개를 달아주어야 한다. 상상력이야말로 우리의 행복을 좌우하기 때문이다. 나아가 상상력은 우리의 이성까지 조절한다. 상상력은 폭력을 유발하기도 하고, 여유롭게 관찰하는 것만으로는 만족하지 못해 직접 행동에 나서게도 하며, 어떤 멍청함과 대면하느냐에 따라 인생을 환희나 비애로 가득 채우며 우리의 존재 자체를 뒤흔들기도 한다. 상상력은 우리 자신에 대해 만족감을 주기도 하고 불만을 품게 만들기도 하며, 심지어 어떤 이들에게는 지속적인 고통을 안겨주기도 한다. 그러한 멍청이들이 스스로 만들어낸 상상력은 사형집행관이 된다. 그런가 하면 상상력은 어떤 이들에게는 기분 좋은 현기증 속에서 축복과 행복을 느끼게 만들기도 한다.

숨은 뜻을 이해하라. 한때는 제대로 말할 줄 아는 것이 기술 중의 기술로 여겨졌다. 지금은 그것만으로 충분치 않다. 이제 는 예측 능력도 필요하다. 착각이 산산조각 나서 괴로워질 소 지가 있는 분야라면 더더욱 그러하다. 상대방의 마음을 읽고 의도를 간파하는 예언자가 되어야 한다. 가장 알고 싶어 하는 진실일수록 절반밖에 드러나지 않는다. 주의 깊은 자들만이 그 뜻을 완전히 이해한다. 그들은 유쾌한 일 앞에서는 늘 신뢰 의 고삐를 바짝 당기지만 불쾌한 일 앞에서는 항상 박차를 가 한다.

상대방의 동기를 파악하라. 이는 다른 이의 의지를 움직이게 만드는 기술이다. 단, 그 사람들을 언제 개입시킬 것인지도 알아야 한다. 사람들은 누구나 우상을 좇는다. 어떤 이들은 명예라는 우상을, 어떤 이들은 이익이라는 우상을, 그리고 대부분의 사람들은 기쁨이라는 우상을 좇는다. 누가 어떤 우상을 좇는지 파악하고 그를 자극하는 것은 대단한 기술이다. 누군가를 효과적으로 자극할 수 있는 방법을 알면 그 사람의 의지를 움직일 수 있는 열쇠를 손에 쥔 것과 같다. 이를 위해서는 가장 중요한 동기, 즉 원동력을 자극해야 하는데, 그 원동력은 고결한 동기일 때보다 저급한 동기일 때가 훨씬 더 많다. 다음으로 상대방의 기분을 요리하고, 이어 적확한 말로 자극을 주며, 마지막으로 상대방이 어쩔 수 없이 무너지는 지점을 공략해야 한다. 이렇게 하면 상대방의 자유의지는 외통수로 몰릴 수밖에 없다.

어떤 일에서도 평범함을 피하라. 첫째, 취향에서 평범함을 피하라. 위대한 현자는 자신의 말에 수많은 대중이 흡족해하는 것을 보고 참담하였도다! 지각 있는 자는 대중들의 평범한 박수에 만족하지 않는다. 그러나 대중의 반응에 좌우되는 카멜레온 같은 자들은 아폴로의 부드러운 입김 속에서가 아니라 수많은 대중들의 숨소리에서 기쁨을 느낀다. 둘째, 지성에서 평범함을 피하라. 대중의 감탄 속에서 즐거움을 찾아서는 안 된다. 그들의 무지함은 우리를 그 감탄에서 헤어나지 못하게 만들 뿐이다. 우둔한 대중들은 탄성을 지르는 반면, 몇몇 지성인들은 그 속에서 거짓을 발견한다.

행복한 자와 불행한 자를 파악하여 행복한 자들과 어울리고 불행한 자들은 멀리하라. 대부분의 불행은 우둔함에 대한 처벌인데, 우둔함만큼 잘 전염되는 질병도 없다. 사소한 악에 대해서도 절대 문을 열어주면 안 된다. 훨씬 더 많은, 훨씬 더 나쁜 종류의 악이 사소한 악을 뒤따라 기어 들어오기 때문이다.

평판이 나쁜 직업을 택하지 마라. 존경심은커녕 멸시만 받게 되는 기괴한 직업은 더더욱 피해야 한다. 지혜로운 자들이 외면하는 것들만 갈구하고 그런 이상한 것들 속에서 만족을 느끼는, 독특한 취향을 지닌 자들이 있다. 그들은 유명세를 탈수는 있지만 아무래도 존경보다는 조롱의 대상이 되기 쉽다. 신중한 자들은 지혜를 전달하는 직업에 종사하더라도 두드러지는 행동을 하지 않고, 그 가르침을 추종하는 자들을 조롱거리로 만드는 행위는 더더욱 하지 않는다.

호감 가는 인물이 되라. 국가를 다스리는 자는 호의적 태도를 통해 매우 많은 것을 얻을 수 있다. 대중들도 호감 가는 성품을 지닌 통치자에게 호의를 보인다. 최고 권력자가 누릴 수 있는 유일한 특권은 그 누구보다 더 많은 선을 베풀 수 있다는 것이다.

물러설 줄 아는 사람이 되라. 거절할 수 있는 사람이 되는 것이 인생 최대의 원칙이라면, 그보다 더 중요한 것은 일에 대해서건 사람에 대해서건 물러설 줄 알아야 한다는 사실이다. 값진 시간만 좀먹는 쓸데없는 일들이 분명 존재한다. 부당한 일을 하는 것은 아무것도 하지 않는 행위보다 더 나쁘다. 신중한 자들은 자신들이 남의 일에 주제넘게 참견하지 않는 것만으로 만족하지 않는다. 그들은 남들도 자신들의 일에 간섭하지 않을 것을 요구한다. 그러니 자기 일이 아닌 일에 무작정 끼어들지 말아야 한다. 나아가 자신의 이익을 위해 친구들을 이용해서도 안 되고, 상대방이 바라는 것 이상의 것을 요구해서도 안 된다. 정도가 지나쳐서 득이 되는 경우는 전혀 없다. 특히 사람 사귐에서는 더더욱 그러하다.

자신이 지닌 최고의 능력, 최고의 재능을 파악하라. 그런 다음 그 재능을 계발하여 다른 이들을 도와야 한다. 사람은 누구나 어떤 일에 뛰어난 재주를 지니고 있다. 관건은 그 분야를 파악하는 것이다. 어떤 이들은 뛰어난 지성을 자랑하고 어떤 이들은 용기가 특출하다. 하지만 대부분의 사람들은 타고난 재능을 혹사시킬 뿐, 재능을 우월함으로 발전시키지 못한다.

심사숙고하라. 특히 가장 중요한 문제가 무엇인지에 대해 깊이 생각하라. 멍청한 자들은 생각을 하지 않기 때문에 멸망한다. 그들은 실체의 절반도 채 파악하지 못한다. 그들은 자신에게 돌아올 피해나 이익도 생각해보지 않을 만큼 아무런 노력도 기울이지 않고 사소한 일에는 큰 가치를, 중요한 일에는 사소한 가치를 부여하는 등 매사를 거꾸로 판단한다. 이성이라는 게 아예 없기 때문에 이성을 잃을 수도 없는 자들이 많다. 사람마다 차이는 있겠지만 현명한 자들은 대개 매사에 심사숙고한다. 그들은 어떤 일을 해야 할 근거, 혹은 하지 말아야 할 근거를 찾아야 할 때일수록 깊이 생각하고, 때로는 어떤 일 속에 자신이 생각하는 것보다 훨씬 더 많은 의미가 포함되어 있을 것이라 의심한다. 지혜로운 자는 이런 식으로 멀리 생각하고, 먼 미래를 근심한다.

자신에게 주어질 행복을 계산하라. 그런 다음 행동하고, 그런 다음 일에 뛰어들어야 한다. 이는 자신의 기질을 관찰하는 작업보다 더 중요하다. 기대를 통해 행복을 이끌어내는 것은 매우 훌륭한 기술이다. 기대 역시 행복을 얻기 위한 작업이요, 그러다보면 때가 도래하고 기회가 주어지면서 행복을 얻을 수 있기 때문이다. 그러나 행복은 정해진 단계에 따라 실현되는 것이 아니기 때문에 행복이 나타나는 과정을 배우고 익힐 수는 없다. 다만 기회가 왔다고 믿는 자들은 담대하게 전진해 나아갈 따름이다. 행복은 아름다운 여인이 젊은 청년을 사랑할 때와 같은 열정으로 담대한 자들을 사랑한다. 그러나 불행이 닥칠 때에는 아무것도 하지 않고 차라리 한 걸음 물러서는 것이 좋다. 그래야 지금 자기 머리 위에 드리운 불운의 장막에 또 다른 불운의 장막을 치지 않을 수 있다.

행운이 따라서 이익을 봤을 때 그만둘 시기가 언제인지 알라. 유명 도박사들은 모두들 이 방식을 취한다. 아름답게 물러나는 것은 대담한 공격만큼이나 가치 있는 일이다. 충분히 얻었을 때, 꽤 많이 얻었다 싶을 때 그 성과를 안전한 곳으로 대피시켜야 한다. 오래 지속되는 행운은 언제나 미심쩍다. 이따금씩 나타나는 행운이 더 안전하다. 맛에서도 단맛과 신맛이 동시에 나는 것이 입에 더 맞다. 행운의 가치는 그 짧은 지속성으로 인해 한 차원 격상된다.

사람들의 호감을 얻으라. 많은 이들의 경탄을 받는 것만으로도 대단한 일이지만 그들의 사랑까지 받을 수 있다면 더욱 좋다. 많은 일들이 자연의 자비에 의해 좌우되지만 노력에 의해 좌우되기도 한다. 자연의 자비가 초석을 쌓는다면 그것을 꽃피우는 것은 노력이다. 탁월한 재주는 필요조건이기는 해도 충분조건은 못 된다. 그리고 호의를 베풀지 않으면 호의를 얻을 수 없다. 온몸으로 선행을 베풀고, 아름다운 말에 더 아름다운 행동을 더하라. 사랑받고 싶다면 사랑하라. 예의 바른 태도는 위대한 자들이 활용하는 정치적 마술 중 최고봉이다. 먼저 행동가에게 손을 내밀고, 이어 문필가에게 손을 내밀어라. 문인들도 호감을 보일 때가 있는데, 그 호감이야말로 불멸하는 것이다.

절대 과장하지 마라. 최상급으로 이야기하지 않을 필요가 있다. 그렇게 함으로써 진실에 너무 가까이 다가가지 않을 수 있고, 우리의 지성을 깎아내릴 필요도 없기 때문이다. 과다한 칭찬은 활발한 호기심을 일깨우고 소유욕을 자극하지만, 시간이 지나면 대개 칭찬하는 물건의 가치가 가격에 부응하지 못한다는 사실이 드러나고 만다. 그렇게 되면 실망한 이들은 사기꾼에게 등을 돌리고, 그 물건과 물건을 칭찬한 이를 과소평가함으로써 복수한다. 과장은 거짓말과 사촌지간이다. 과장을 하면 훌륭한 취향을 지녔다는 값진 평판을 잃게 되고, 그보다 더 값진 평판인 지성인이라는 평판도 잃게 된다.

통솔력은 뛰어난 자들이 지닌 은밀한 힘이다. 통솔력은 비열한 위장전술이 아니라 훌륭한 천성에서 비롯된다. 통솔력 앞에서는 만인이 복종한다. 영문도 모른 채 천성적 권위가 지닌 은밀한 힘을 인정하는 것이다. 훌륭한 정신력을 지닌 자는 자신이 내포한 가치로 인해 군주로 떠받들어지고, 천성적 특권으로 인해 사자로 격상된다. 그들은 자신을 향한 경외심을 이용해 나머지 모든 사람들의 마음과 머리를 사로잡는다. 이런 자들이 만약 다른 재주까지 지녔다면 그들은 날 때부터 나라를 이끌어갈 도구로 정해질 것이다. 그들은 표정 하나로 남들이 일장연설로 얻어내는 것보다 훨씬 더 많은 것을 얻어내기 때문이다.

교활함을 이용은 하되 악용하지는 마라. 다른 사람의 교활함에 빠져서는 안 된다. 자신의 교활함을 알려서는 더더욱 안 된다. 모든 위장술은 잘 감출 때 진가를 발휘한다. 그렇지 않으면 의심을 살 뿐이다. 예방 차원에서 어떤 조치를 단행할 때에는 더더욱 잘 감춰야 한다. 그렇지 않으면 미움만 돌아오기 때문이다. 세상에는 사기가 만연해 있다. 그러니 두 배로 더 의심할 일이다. 하지만 표 나게 의심해서는 안 된다. 그럴 경우, 불신을 사고, 남에게 상처를 입히며, 복수심을 일깨우고, 지금까지 그 누구도 상상하지 못했던 악감정을 일으킬 수 있기 때문이다.

혐오감을 억제하라. 우리는 종종 아무 이유 없이 누군가를 미워한다. 그 사람의 인품조차 모르면서 미워할 때도 있다. 이런 식의 천성적이고 저급한 반감은 탁월한 인물들에 대해서도 일어난다. 하지만 현명함으로 반감을 조절해야 한다. 자기보다 훌륭한 자들을 미워하는 것보다 더 나쁜 평판을 얻을 수 있는 길은 없기 때문이다.

철저함과 깊이. 이 두 가지를 지녀야 명예롭게 살아갈 수 있다. 늘 외면보다는 내면을 중시해야 한다. 그런데 정면만 있을 뿐, 뒷부분은 짓다 만 집과 같은 자들도 있다. 그 집의 입구는 궁전 같을지언정 거실은 헛간에 지나지 않는다. 그런 자들과 오래 어울릴 이유가 전혀 없다. 잠시만 같이 있어도 지루해지기 때문이다. 그들은 처음에는 예의 바른 척하고 시칠리아의 종마처럼 호탕한 척하겠지만 금세 입을 다물고 만다. 생각의 강이 흐르지 않다보니 할 말도 이내 고갈되고 마는 것이다.

날카로운 관찰력과 판단력. 이 두 가지 재능을 지닌 자는 세상에 지배되지 않고 오히려 세상을 지배한다. 이들은 사람을 대할 때에도 상대방을 이해하려 하고 그 사람의 속을 보고 판단한다. 미묘한 관찰력을 발휘하여 마음속 깊은 곳에 숨은 뜻도 완벽하게 꿰뚫는다. 이들은 날카롭게 관찰하고 철저하게 파악하며 올바르게 판단한다. 이들은 모든 것을 파헤치고, 관찰하고, 파악하고, 이해한다.

자신에 대해 늘 주의를 기울이고 평범한 자로 전락하지 마라. 자기 자신을 엄격하게 대하며 올바르게 처신하고, 그 어떤 계율도 아닌 자기 자신을 기준으로 삼아 강인한 판단력을 발휘해야 한다. 온당치 않은 일을 거부할 때에도 외부의 엄격한 규율이 아니라 자기 자신의 통찰력에서 비롯된 두려움 때문에 거부해야 한다. 자신을 경외할 수 있다면 세네카와 같은 상상 속의 스승은 필요치 않다.

올바른 것을 선택할 줄 알라. 인생의 대부분이 거기에 좌우된다. 올바른 선택을 하려면 고결한 취향과 올바른 판단력을 지녀야 한다. 지식이나 이성만으로는 충분치 않다. 그렇다고 아무것도 선택하지 않으면 완전해질 수 없다. 올바른 선택을 하는 것만이 최선이다. 풍부한 지식과 재치, 날카로운 오성, 학식, 신중함을 지닌 자들 중에서도 선택적 상황에 처하면 속수무책이 되고 마는 이들이 많다. 그들은 오류를 범하기로 작정이라도 한 것처럼 오히려 최악의 것을 선택한다. 따라서 여러 가지 위대한 재능 중에서도 올바른 것을 선택할 수 있는 재능이야말로 최상이라 할 수 있다.

절대 평정을 잃지 마라. 지혜로워지기 위해 반드시 필요한 한 가지 요소는 절대로 격분하지 않는 것이다. 완전한 사람은 너그러운 마음씨를 지니고 있고 좀처럼 흥분하지 않는다. 따라서 자기 자신을 완벽하게 조절할 수 있어야 한다. 매우 행복할 때에도, 매우 불행할 때에도 감정을 완전히 드러내서는 안 된다. 어떤 상황에 처하든 담담하게 행동하여 사람들의 감탄을 자아내야 한다.

지성이 오랫동안 심사숙고한 것을 행동력은 순식간에 실천에 옮긴다. 그러나 성급한 행동은 바보들이나 하는 짓이다. 그들은 문제의 핵심이 무엇인지 모르기 때문에 세심한 주의를 기울이지 않은 채 일에 뛰어든다. 반면, 현명한 자들은 너무 오래 주저하는 실수를 저지른다. 상황을 예측하고 미리 대비책을 마련하려는 것이겠지만 행동력이 부족하면 올바른 판단이라는 열매를 거둘 수 없다. 민첩한 행동은 행복의 어머니다. 그러나 오늘 할 일을 내일로 미루지 않는 것만으로도 이미 많은 일을 한 것이다. 급할수록 둘러 가라는 말은 황제들도 즐겨 외치던 말이다.

기다릴 줄 알라. 절대 급히 서두르지 않고 절대 감정적으로 행동하지 않을 만큼의 참을성을 지니고 있다는 것은 위대한 정신의 소유자라는 증거다. 먼저 자기 자신을 지배해야 다른 사람도 지배할 수 있다. 여유를 지니고 느긋하게 걸어야 기회의 정점에 다다를 수 있다. '나에게 시간을 더하면 두 사람과 맞설 수 있다'는 명언에스파냐 최성기의 왕 펠리페 2세가 한 말이라고 전해진다도 있다.

44

적절하게 행동하는 법을 배우라. 모든 사람에게 자기가 지닌 것 모두를 보여주어서는 안 되고 지금 당장 필요한 힘 이상을 소모할 필요도 없다. 지식이든 노동이든 필요 이상으로 낭비해서는 안 된다. 늘 모든 것을 다 보여주어서도 안 된다. 그랬다가는 내일 날이 밝으면 아무도 감탄시키지 못할 것이다. 매일 조금씩 새로운 무언가를 보여주면 기대감을 일으키는 동시에 자신의 한계를 드러내지 않아도 된다는 장점이 있다.

행복의 집에 들어갈 때 환호성의 문을 통과했다면 나올 때에는 비탄의 문을 통과해야 하고, 들어갈 때 비탄의 문을 통과했다면 나올 때에는 환호성의 문을 통과한다. 그러니 늘 마무리를 염두에 두어야 하고, 등장할 때의 박수갈채보다는 행복한 퇴장에 더 신경을 써야 한다. 등장할 때 모든 이들의 박수를 받는 것이 중요한 게 아니다. 등장할 때에는 누구나 박수를 받는다. 중요한 것은 퇴장할 때 어떤 평가를 받느냐 하는 것이다. 퇴장한 이가 다시 무대 위에 오르기를 바라는 경우는 드물다. 행복은 퇴장하는 이를 좀처럼 현관까지 배웅하지 않는다. 들어올 때 아무리 예의 바르게 맞이해주었다고 하더라도 나갈 때에는 차갑게 무시해버리는 것이 바로 행복이다.

훌륭한 도구를 사용하라. 신하가 탁월하다고 해서 군주의 위대함이 경감되는 일은 절대 없다. 오히려 대신이 성공할수록 그 명성은 군주에게 돌아가고 반대로 신하가 실패하면 비난 또한 군주에게 돌아간다. 평판은 늘 주인에게 돌아가는 법이다. 저 사람은 훌륭한 수족을 두었고 이 사람은 형편없는 수족을 두었다는 평판은 없다. 저 사람은 위대한 예술가였고 이 사람은 형편없는 예술가였다는 평판만이 존재할 뿐이다.

무언가에서 최초가 된다는 것은 커다란 영광이다. 거기에
다 탁월함까지 더해진다면 두 배로 영광스러운 일이다. 앞서
간 자들만 없었더라면 그 분야에서 불사조가 될 수 있었던 이
들이 몇몇 있다. 어떤 분야에서든 최초가 된다는 것은 명예를
상속하는 것과 같다. 남은 자들은 나머지 재산을 두고 치열한
다툼을 벌여야 한다. 그러나 남은 자들은 어떤 노력을 기울여
도 표절한 자라는 오명을 결코 떨쳐내지 못한다. 최고의 분야
에서 두 번째가 되기보다는 그보다 하위 분야에서 첫 번째가
되기를 원하는 사람이 있는 것도 바로 이 때문이다.

48

근심과 짜증의 뿌리를 피해 가는 것은 칭찬받아 마땅한 지혜로운 행위다. 다른 사람에게 나쁜 소식을 전달해서는 안 되며, 나쁜 소식을 들어야 할 이유는 더더욱 없다. 들어서 도움이 될 게 없는 나쁜 소식이라면 듣지도 전하지도 말아야 한다. 어떤 이들은 듣기 좋은 달콤한 소식에만 귀를 기울이고 어떤 이들은 추잡하고 씁쓸한 험담에만 귀를 기울인다. 독이 없으면 해독제가 필요 없는 원리와 유사하게 하루에 한 번은 화를 내야 살아갈 수 있는 이들도 존재한다. 다른 이에게 순간적 쾌락을 주기 위해 내 평생에 짐이 될 일을 하는 것은 바람직한 삶의 태도가 아니다. 그 사람이 아무리 나와 가까운 사람이라고 하더라도 마찬가지다. 말로만 충고하고 정작 실천할 때가 되면 쏙 빠져나가 버릴 자의 마음에 들기 위해 자신의 안위를 희생해서는 절대 안 된다. 나아가 어떤 일에서든 다른 사람을 조금 기쁘게 만들어줄 일이 자신에게 고통이 된다면 지금 상대방을 슬픈 채로 놓아두는 것이 나중에 나 홀로 어쩔 줄 몰라 괴로워하는 것보다 훨씬 낫다.

훌륭한 결말을 위해 노력하라. 어떤 이들은 목적지에 성공적으로 도달하는 것보다 목적지까지 가는 엄격한 방법을 준수하는 것에 더 신경 쓴다. 그러나 세심한 준비에 대한 찬사의 목소리보다는 실패에 대한 비방의 목소리가 더 높은 것이 세상의 법칙이다. 승리한 자는 변명할 필요가 없다. 불만스러운 자들이 아무리 목적달성의 방법에 대해 트집을 잡아도 훌륭한 결말은 결국 모든 것을 황금처럼 빛나게 만든다. 따라서 행복한 결말에 다다를 다른 방법이 없다면 때때로 규칙을 거스르는 것이 바로 올바른 기술이다.

50

일반 대중에게나 어울릴 법한 변덕에 휩쓸리지 마라. 위대한 자는 타인의 평판에 흔들리지 않는다. 자기성찰은 지혜를 배양하는 학교다. 자기개선의 출발점은 자기인식이다. 심기가 불편하다는 자들이 많은데, 그들은 늘 변덕을 부리고 그때그때 기분에 따라 취향도 변한다. 이런 식의 무절제는 의지만 타락시키는 것이 아니라 지성까지 뒤흔들고, 욕구와 인식력에도 혼란을 일으킨다.

거절하는 법을 익히라. 누구나, 그리고 무엇이나 다 받아들일 필요는 없다. 수긍하는 법을 익히는 것만큼이나 거절하는 법을 익히는 것도 중요하다. 다른 사람들의 '예'보다 나의 '아니오'가 더 높이 평가받을 수도 있다. 무미건조한 '예'보다 품위 있는 '아니오'가 더 큰 만족감을 주기 때문이다. 입만 열면 '아니오'를 연발하는 이들이 많은데, 그들은 상대방의 기분을 항상 언짢게 만든다. 그들의 첫마디는 늘 '아니오'다. 뒤늦게 수긍을 해봤자 상대방은 이미 상처를 받았기 때문에 아무 소용이 없다. 그런데 처음부터 모든 실망을 안겨줘서는 안 된다. 부탁하는 쪽에서 실망을 단계적으로 느끼도록 해야 한다. 그리고 무언가를 완전히 거절해서도 안 된다. 완전히 거절해버리면 상대방도 포기해버리기 때문이다. 따라서 좌절의 쓴맛을 조금은 달콤하게 해줄 일말의 기대감은 늘 남겨두어야 한다. 그러다가 마지막으로 거절당한 상대방의 공허함을 예의 바르게 메워줘야 한다. '예' 혹은 '아니오'라는 말은 쉽게 튀어나오는 반면 기나긴 여운을 남긴다.

동요되지 마라. 천성으로 인해서든 허풍으로 인해서든 모순된 행동을 해서는 안 된다. 신중한 사람은 매사에 완벽함을 기하며 일관된 태도를 보이고, 이를 통해 현자라는 명망을 얻는다. 현자는 오직 외부적 요인이나 타인의 이익을 위해서 변화를 줄 따름이다. 현명함이라는 문제에서 변화는 추한 행동이다. 어제는 흰색이었던 것이 오늘은 검은색이 되고, 어제는 '예'였던 것이 오늘은 '아니오'가 되는 등 날마다 달라지는 이들도 있다. 그들은 자신들의 신용과 명망을 떨어뜨리기 위해 애쓰는 동시에 다른 이들을 혼란스럽게 만든다.

결단력 있는 사람이 되라. 일을 제대로 실행하지 못한다 하더라도 그편이 우유부단한 것보다는 덜 해롭다. 도무지 결단을 내리지 못하고 타인이 부추겨주기만 기다리는 이들이 있다. 판단력을 흐릴 만큼 강렬한 막막함 때문에 결단을 내리지 못할 때도 있지만 실천력 부족이 더 큰 원인인 경우가 많다. 난관이 어디에 있는지 찾아내는 데에도 날카로운 감각이 필요하지만 해결책을 찾는 데에는 더욱 예리한 감각이 필요하다. 그런가 하면 어떤 상황에서도 곤란해하지 않는 이들도 있다. 그들은 어떤 일이든 단박에 해치운다. 그들은 한 가지 일을 끝내고 다음 일을 처리할 시간을 번다. 그들은 행운으로부터 계약금을 받은 후에야 안도하며 거래에 뛰어든다.

54

가벼운 실수를 이용할 줄 알라. 현명한 자들은 이런 방법으로 곤란한 상황에서 벗어난다. 그들은 종종 재치 있는 말을 가볍게 던지면서 구불구불한 미로를 빠져나온다. 곤란하기 그지없는 다툼에서도 품위와 미소를 잃지 않으며 빠져나온다. 뭔가를 거절하고 싶을 때 활용할 수 있는 예의 바른 술수는 대화를 다른 쪽으로 유도하는 것이고, 가장 깔끔한 방법은 아무것도 이해하지 못하는 것이다.

사교적인 사람이 되라. 거친 야생동물들은 사람이 많은 곳에 서식한다. 가까이하기 어렵다는 인상을 주는 것은 자신에 대한 무지에서 비롯되는 잘못이며, 그 상황 때문에 성격마저 바뀔 수 있다. 만나는 사람들에게 늘 화만 내면 대중의 호감을 살 수 없다. 항상 건방지고 비인간적인 태도만 보이는 비사교적 괴물의 모습은 그야말로 한 편의 희극이다. 그들과 이야기를 나눌 수밖에 없는 비극적인 운명을 지닌 이들은 그들을 만날 때면 호랑이와의 싸움에 임할 때처럼 극도의 조심성과 두려움으로 무장한다. 그런데 비인간적인 사람들도 현재 자신의 직위에 오르기까지는 모든 이들의 환심을 사려고 노력했을 것이다. 그러다가 정작 그 직책에 앉고 나서는 사람들의 미움을 받고 자기한테 손해될 짓만 일삼는 것이다. 그들은 대개 직책상 많은 이들을 대해야 할 사람들이지만 자존심 때문인지 자만심 때문인지 아무도 상대하려고 하지 않는다. 그들을 벌하는 가장 세련된 방법은 그들과의 접촉을 끊어버리고 이를 통해 현명해질 수 있는 길을 막아버리는 방법일 것이다.

늘 농담만 하지는 마라. 한 사람의 지성은 진지한 상황에서 드러난다. 그렇기 때문에 유머 감각보다는 신중함이 더 큰 명예를 안겨다주는 것이다. 늘 농담만 하는 사람은 결코 신중한 일을 감당하지 못한다. 사람들은 그가 하는 말 중 하나는 거짓이고 하나는 농담이라고 생각하며 그를 사기꾼쯤으로 여긴다. 또 그가 언제 진심에서 우러나오는 말을 할지 알지 못하며, 그에게는 진심이라는 게 없다고 생각한다. 늘 시답잖은 우스갯소리만 하는 것처럼 부적절한 행동도 없다. 어떤 이들은 현명한 사람이라는 신망을 버리면서까지 재미있는 사람이라는 평판을 얻으려 한다. 그러나 농담을 하는 동안은 시간이 그의 편을 들어주겠지만 나머지 시간에는 모두 진지한 사람 편에 선다.

상대방에게 맞춰주는 법을 익히라. 학자는 학자와, 성직자는 성직자와 어울린다. 동질감이 호의를 불러일으키기 때문이다. 상대방의 기분을 살피고 그때그때 만나는 사람의 기분에 맞춰줄 줄 알아야 한다. 상대방에게 의지해야 하는 사람이라면 이러한 기술이 더더욱 시급히 필요하다. 이 섬세한 기술을 익히는 데에는 커다란 재능이 요구되지만 방대한 지식과 다양한 취향을 가진 이라면 보다 쉽게 익힐 수 있을 것이다.

적정선만 지킨다면 유쾌한 기질은 재능이지 결점이 아니다. 위대한 인물들은 때때로 익살을 부려 모든 이의 인기를 한몸에 받는다. 그러나 익살을 부릴 때에도 그들은 현명한 면모나 예의를 잃지 않으며 올바르게 처신하려고 힘쓴다. 또 어떤이들은 곤란한 상황에서 최대한 빨리 빠져나오고자 할 때 농담을 활용한다. 실제로 농담으로 받아들일 수밖에 없는 상황들이 있다. 상대방이 가장 진지한 이야기를 할 때가 바로 그런 상황일 수도 있다. 이렇듯 농담은 일상에 평화를 부여하기도 하는데, 이는 상대방의 마음을 잡아당기는 자석과도 같다.

정보를 수집할 때 주의하라. 요컨대 인간은 정보에 의해 살아간다. 그러나 보는 행위를 통해서만 살아가는 것은 아니다. 우리는 신뢰와 믿음을 통해 살아간다. 그런가 하면 귀는 진실의 쪽문이요, 거짓의 현관이다. 진실은 아주 예외적인 경우만 제외한다면 귀가 아니라 눈을 통해 접하게 된다. 그러나 전혀 왜곡되지 않은 순수한 진실이 우리에게 전달되는 경우는 흔치 않다. 먼 곳에서 오는 진실일수록 왜곡되지 않은 채 전달될 가능성이 더더욱 희박하다. 먼 곳의 진실은 전달되는 과정에서 온갖 감정들로 범벅이 된다. 격한 감정의 손이 닿는 모든 것은 그 감정의 색에 물든다. 격한 열정은 늘 특정한 인상을 심어주려 한다. 따라서 어떤 대상을 칭송하는 자를 대할 때에는 신중을 기해야 하고, 어떤 대상을 비방하는 자를 대할 때에는 그보다 더 큰 주의를 기울여야 한다. 상대방이 말할 때 세심한 주의를 기울여야 정보를 전달하는 사람의 의도를 파악하고 그가 어느 발로 땅을 짚으며 앞으로 전진하는지 알 수 있다.

좋은 점이든 나쁜 점이든 한 치도 숨김없이 다 보여주지는 마라. 그랬다가는 가장 정당한 것도 부당한 것이 돼버린다. 오렌지를 끝까지 짜면 마지막에는 쓴맛만 남는다. 무언가를 즐길 때에도 절대 한계 지점까지 치달아서는 안 된다. 정신도 한계 지점까지 몰아가면 둔해지게 마련이다. 소젖을 짤 때에도 너무 심하게 누르면 우유가 아니라 피가 쏟아진다.

적을 이용하라. 어떤 것이든 꽉 붙들 줄 알아야 한다. 하지만 손을 다칠 수 있는 칼날이 아니라 자기를 보호해줄 수 있는 칼자루를 쥐어야 한다. 이는 적과 대면할 경우에 특히 더 적용되는 규칙이다. 현명한 자는 우둔한 이가 친구들에게서 얻는 도움보다 더 큰 도움을 적에게서 얻는다. 적들의 원한이 오히려 수많은 난관을 뛰어넘게 만드는 경우가 많다. 그런 원한이 없었다면 아마 그 난관들을 뛰어넘을 생각조차 하지 않았을 것이다. 아첨은 증오보다 더 위험하다. 내가 떨쳐내려는 흠집들을 아첨이 가려버리기 때문이다. 현명한 자는 비판을 거울삼는다. 비판이 칭찬보다 더 믿을 만하기 때문이다. 그런 다음 그는 자신의 실수에 대한 비방을 겸허하게 받아들이거나 개선한다.

추문을 방지하라. 대중은 수많은 머리로 구성되고, 거기에
는 악의에 찬 눈들과 중상모략을 하기 위한 입들도 딸려 있다.
대중들 사이에 단 하나의 추문이라도 퍼져버리면 명예에 심
각한 타격이 가해진다. 별명까지 더해진 추문이 퍼지면 명예
는 땅속에 묻힌 것이나 다름없다. 두드러진 어떤 결점이나 터
무니없는 실수 등이 발단이 되어 사람들의 입방아에 오르내
리는 경우가 대부분이지만, 한 개인이 적의를 품고 악의적 비
방을 퍼뜨리는 경우도 있다. 호사가들은 드러내놓고 뻔뻔스
러운 비방을 하기보다는 우스갯소리를 하나쯤 툭 던지는 것
으로 상대방의 명예를 바닥으로 실추시켜버린다. 사람들은
원래 나쁜 말을 더 잘 믿기 때문에 명예를 잃는 것은 찰나지만
오명을 씻어내기는 너무도 어렵다. 현명한 자라면 눈에 불을
켜고 뻔뻔스러운 대중들에게 주의를 기울일 것이다. 사전 예
방이 사후 조치보다는 쉬운 법이다.

인간은 원래 야만인으로 태어난다. 오직 교육만이 인간을 미개함에서 해방시킨다. 교육은 사람을 만든다. 더 많이 배울수록 더 큰 사람이 된다. 희랍인들이 자신들을 제외한 나머지 사람들 모두를 야만인이라고 부를 수 있었던 것도 교육 덕분이었다. 지식만큼 교육에 더 적합한 수단은 없다. 하지만 거기에 고상함이 더해지지 않으면 지식 자체로는 정제되지 않은 거친 무언가에 불과하다. 나아가 우리는 지식뿐 아니라 의지와 말에도 고상함의 숨결을 불어넣어야 한다. 천성적으로 고상한 이들이 있다. 그들은 내면과 외면 모두 우아한 데다, 생각과 말투, 과일로 치자면 껍질에 해당되는 겉치장이나 속에 해당되는 정신적 재능 등 모든 면에서 고상함이 넘치는 자들이다. 반면 자신의 모든 것, 심지어 자신의 뛰어난 면모까지도 도저히 참을 수 없으리만치 야만스럽고 천박하게 만들어버리는 무리들도 있다.

자기 자신을 알라. 자기 자신에 대해 알지 못하면 자기를 통제할 수 없다. 자신의 지성과 어떤 일을 수행하는 능력을 파악하고, 자신의 용맹성 정도를 파악한 다음 어떤 행위에 뛰어들어야 한다. 나아가 자신의 심오함의 정도를 조사하고 각종 사안에서 자신의 능력을 저울질해봐야 한다.

오래 사는 비결은 올바른 삶을 사는 것이다. 삶에 때 이른 종지부를 찍는 방법에는 두 가지가 있다. 우둔함과 방탕이 바로 그것이다. 우둔한 자들은 삶을 유지하는 데 필요한 지성을 지니지 못했고 방탕한 삶을 사는 자들에게는 삶을 유지할 의지가 결여되어 있다. 미덕이 그 자체로 상이 되듯 악덕은 그 자체로 벌이 된다. 악덕만 좇으며 세월을 보내는 자는 삶도 그만큼 빨리 보내고 만다. 그러나 미덕만 좇는 자들은 불멸한다. 영혼의 무결함은 몸에도 전달된다. 올바른 삶은 내면에서 외면으로 연장되는 법이다.

무모한 일이라는 의심이 들 때에는 절대 그 일에 착수하지 마라. 행동해야 할 사람이 일의 성공 여부를 의심하는 것만으로도 구경꾼은 완벽한 확신을 갖는다. 그 구경꾼이 경쟁자인 경우에는 더더욱 그러하다. 초기의 열정 속에서 이미 그 행동에 대해 의심이 느껴진다면 그 의심은 나중에 열정이 식은 다음 자신의 행동이 멍청한 행위에 지나지 않았다는 깨달음으로 이어질 것이다. 무모한 일이라는 의심이 드는 일에 뛰어드는 것은 위험하다. 석연찮은 일에는 차라리 뛰어들지 않는 편이 안전하다. 현명한 자는 막연한 승산을 믿지 않는다. 기획 단계부터 근심이 이는 상황에서 어찌 그 사업이 잘 돌아가기를 바라겠는가? 내면에 일말의 거리낌도 들지 않는, 심사숙고의 결과로 탄생한 결의들도 때로는 불행한 결말을 맞는 판국에 마음이 흔들리고 흥조가 깃든 상태에서 내린 결정들에 무슨 기대를 걸 수 있겠는가?

기대를 생생하게 유지하라. 사람들의 기대에 활기를 불어 넣는 방법을 알아야 한다. 즉 많은 것에서 더 많은 것이 탄생할 것을 약속하고 빛나는 행동이 더 빛나는 행동을 암시하게 하는 방법을 알아야 하는 것이다. 처음 던지는 주사위에 자신의 모든 것을 걸어서는 안 된다.

자기 자신을 최대한 보호하라. 인생의 모든 행위는 자기를 얼마만큼 보호하느냐에 좌우되고, 이런 신중한 태도는 모든 분야에서 필요하다. 이성은 실로 모든 분야에서 요구된다. 이성적으로 가장 적절하다고 판단되는 행위를 하려는 본능을 따르고, 이를 통해 늘 최선의 길을 선택하는 것이 바로 자기를 보호하는 신중한 태도다.

자신이 의도하는 바를 암호로 기억하라. 격한 감정은 영혼의 문이요, 자신의 격한 감정을 포장하는 기술은 가장 실용적인 지식이다. 패를 다 보여주는 자는 게임에 지려고 작정한 것이나 다름없다. 신중한 자는 감출 것은 감추면서 상대방의 집요한 공세에 맞선다. 남이 자신의 취향도 알지 못하게 해야 한다. 그래야 남들이 일부러 내 비위를 거스르거나 아첨하는 상황을 피할 수 있다.

70

현실과 외양. 사람들은 내용이 아니라 겉을 보고 모든 것을 판단한다. 속까지 들여다보는 이는 드물고 겉모습만 믿는 이들은 수두룩하다. 정당하다는 것만으로는 부족하다. 겉보기에 그렇게 보이지 않을 수도 있기 때문이다.

선입견 없는 사람, 현명한 문명인, 철학에 조예가 깊은 궁정인. 이 세 가지 모두가 되라. 이 세 가지 모두인 것처럼 보이려고 애를 쓰라는 뜻이 아니다. 그런 인물인 척 위장하라는 것은 더더욱 아니다. 철학에 대한 평판은 어느새 떨어졌지만 철학이야말로 현자들이 최고로 여기던 분야였다. 사상가들의 업적에 대한 경외심은 어느덧 모두 사라지고 이제 철학은 한물간 것쯤으로 치부되고 있다. 하지만 허상을 찾아내는 작업은 늘 사상가들에게는 양분이, 덕망 있는 자들에게는 기쁨이 되어왔다.

행운을 크게 한입 베어 물어도 버틸 수 있는 위장을 지니라. 큰 행운은 그 행운을 받아들이고도 남을 만한 아량을 지닌 자를 곤경에 몰아넣지 않는다. 어떤 이들은 이미 배가 부르다고 말하지만 다른 이들은 아직 배가 고프다고 말한다. 풍성하게 차려진 식탁만 봐도 소화가 안 된다는 이들이 있다. 그릇이 그만큼 작기 때문이다. 그들은 높은 직책을 감당할 만한 천성도 지니지 못했고 이후에라도 그에 합당한 교육을 받지 못한 자들이다. 식탁을 보는 순간 그들은 마치 신물이 올라오는 사람처럼 행동하고, 받아 마땅하지 않은 것 같은 영광으로 인해 오른 취기는 현기증으로 이어지며, 어려운 자리에서 큰 실수를 할 위험에 처한다. 나아가 그들은 자신들에게 주어진 행운을 쑤셔 넣을 공간을 찾지 못한 채 차라리 폭발하고 싶어 한다. 반면 큰일을 감당할 만한 여력을 충분히 지닌 위대한 인물은 세심한 주의를 기울이며 소인배라는 인상을 줄 만한 모든 행동을 피한다.

어떤 직업인지 미리 알아보고 임하라. 업무의 다양성을 파악하려면 걸출한 식견과 주의력이 필요하다. 어떤 일은 용기를 필요로 하고 어떤 일은 날카로운 지성을 필요로 한다. 그중 간단한 것은 정확성을 요구하는 일이요, 어려운 것은 교묘한 솜씨를 요구하는 일이다. 사람을 다스리는 일은 매우 힘들다. 특히 그 사람이 멍청이나 얼간이일 경우에는 더더욱 힘이 든다. 이성을 지니지 못한 자를 부릴 때에는 두 배의 이성을 지녀야만 한다. 정해진 시간, 정해진 관례에 따라 처리해야 하는 일은 온 힘을 다 쏟아야 할 만큼 참기 힘들고 고통스럽다. 남들에게 의존할 필요가 거의 없거나 혹은 아주 많은 직책일수록 대개 가장 큰 명성을 누린다. 가장 나쁜 직업은 자신이 처한 직책 때문에 직장뿐 아니라 다른 어느 곳에서도 늘 땀을 흘려야 하는 직업이다.

상대방에게 부담을 주지 마라. 장사나 말로 먹고 사는 사람들은 남에게 부담이 되기 쉽다. 본디 간결한 말투일수록 상대방에게 더 잘 전달되고 거래도 수월해진다. 말이 길어지면 무례가 되지만 간결한 말 속에는 예의를 담을 수 있다. 장점을 짧은 말로 소개할 경우 그 효과는 두 배가 되고, 단점이 있을지라도 짧게 설명한다면 그다지 나쁜 결과를 낳지 않는다. 요점만 전달하는 것이 장광설보다 효과가 크다. 지혜로운 자는 남에게 부담이 되지 않으려고 주의한다. 특히 그 상대방이 매우 바쁜 일상을 보내는, 큰일을 하는 사람이면 더더욱 주의한다. 효과적으로 말하려면 짧게 말해야 한다.

자신의 행운을 남들에게 과시하지 마라. 인품이 아닌 지위나 작위로 뽐내는 짓은 상대방을 모욕하는 행위다. 사람들은 으스대는 자를 싫어한다. 과시는 시기심을 조장할 뿐이다. 자기자랑을 하면 할수록 존경심과는 점점 더 멀어진다. 존경심이란 다른 사람들의 의견에서 비롯되는 것이지 자기가 원한다고 마음대로 취할 수 있는 게 아니다. 존경심을 살 만한 행동을 한 다음, 남들이 자기를 존경해주기를 기다리는 수밖에 없다. 고위 관직에 있는 자는 그에 상응하는 평판을 지녀야 일을 수행할 수 있다. 평판이 나쁜 사람이라면 그런 업무를 감당할 수 없다. 따라서 직무수행을 위해서라도 사람들로부터 꼭 필요한 만큼의 경외심은 얻어야 한다. 하지만 자기를 존경해달라고 강요할 수는 없다. 노력을 통해 자기를 존경할 수밖에 없도록 만들어야 한다. 직책을 두고 으스대는 자는 자기가 그 직책에 합당한 자가 아니며 그 직무가 자기 어깨를 짓누르고 있다는 사실을 폭로하는 것이나 다름없다.

자기 자신에게 만족하고 있다는 인상을 주지 마라. 자신의 현재 모습에 불만을 품는 것은 소심하다는 뜻이고 만족한다는 것은 멍청하다는 뜻이기 때문에 둘 중 어느 편도 바람직하지 않다. 현재 모습에 만족하는 것은 대개 무지에서 비롯된다. 자기만족에 장점이 전혀 없는 것은 아니다. 그러나 명성과 평판에는 도움이 되지 않는다. 대중들에게는 나 아닌 다른 사람이 무한히 완벽한 것을 참지 못하는 습성이 있다. 그들은 그저 보통보다 조금 뛰어난 재주를 지닌 사람을 보는 것으로 충분하다고 생각한다. 그러니 어느 정도의 의심을 품게 만드는 것이 현명한 처사일 뿐 아니라 상당히 유용하기도 하다. 그래야 일이 추잡하게 흘러가는 꼴을 보지 않을 수 있고 이미 일이 추잡하게 흘러갔을지라도 어차피 기대하는 바가 없었기 때문에 실망도 줄일 수 있다. 그럼에도 불구하고 공허한 자기만족을 싹틔우고 꽃피우고 그 씨를 여기저기에 흩뿌리는 것은 개선의 여지조차 없는 멍청한 행위라고 볼 수밖에 없다.

위대한 인물로 가는 지름길은 남들과 어울리는 법을 익히는 것이다. 대인관계가 지닌 위력은 실로 엄청나다. 그 속에서 미덕과 취향의 교류가 일어나기 때문이다. 나아가 사람들과 어울리는 가운데 저도 모르게 기질이나 사상이 변하기도 한다. 따라서 다혈질인 사람은 점액질인 사람을 찾아 어울리는 것이 좋고 나머지 기질에 속하는 사람들도 자기가 속하지 않은 또 다른 기질의 사람들과 어울리는 것이 바람직하다. 그리되면 억지로 애쓰지 않아도 분위기가 자연스럽게 누그러진다. 상반되는 것들의 상호작용을 통해 세상이 아름답게 유지된다. 이러한 체질적 조화가 도덕적인 면에서 더 큰 조화를 이뤄내기도 한다. 친구를 사귈 때, 혹은 사람을 부릴 때 이런 점을 고려하여 현명하게 사람을 고르는 것이 좋다. 모순되는 두 가지를 합할 때 매우 현명한 중용의 길이 도출되기 때문이다.

불평꾼이 되지 마라. 기분이 늘 침울하고 모든 것을 범죄로 낙인찍는 부류의 사람들이 있다. 그들은 저주를 입에 달고 산다. 지나간 일이 잘 풀리지 않았듯 앞으로 다가올 일도 잘 풀릴 리가 없다는 게 그들의 신념이다. 이런 성향은 잔인한 천성보다는 뒤틀린 심사에서 비롯된다. 졸렬한 천성이 원인이 되기도 한다. 그들은 티끌이 눈에 들어가면 대들보가 자기 눈을 쑤신다고 야단을 떤다. 거기에다 격한 감정까지 더해지면 그들의 행동은 그야말로 극단을 치닫는다. 하지만 고귀한 정신의 소유자는 일이 실패로 돌아간 원인을 늘 직시한다. 때때로 그 이유를 찾지 못할지라도 그들은 그냥 불평하지 않고 가볍게 무시해버린다.

친구를 지니라. 친구는 또 다른 나다. 나쁜 친구, 멍청한 친구는 없으며 친구들 사이에서는 모든 일이 순조롭게 돌아간다. 친구의 가치는 내가 그 친구에게 무엇을 기대하느냐에 따라 달라진다. 친구가 내게 무언가를 기대하게 만들기 위해서는 먼저 그 친구의 마음과 혀를 내 것으로 만들어야 한다. 호의를 베푸는 것보다 더 강한 위력을 발휘하는 마법은 없다. 친구를 얻을 때에도 호의를 베푸는 것이 가장 좋은 방법이다. 내가 가진 대부분의 것들, 그리고 내가 가진 최상의 것은 결국 다른 사람에 의해 좌우된다. 우리를 둘러싼 사람은 친구가 아니면 적이다. 그러니 내 사람을 찾기 위해 매일매일 노력해야 한다. 상대방이 친구가 되어줄 사람인지 아닌지를 처음부터 알 수는 없다. 하지만 대체로 호의를 지닌 이들을 선택할 수는 있다. 그러다가 시험과정을 거치고 나면 그 중에서 믿을 수 있는 사람 몇몇은 건질 수 있다.

애정과 호의를 얻으라. 호의를 얻으면 호평도 따라온다. 어떤 이들은 자신들의 가치를 너무 맹신하여 호의 따위는 필요 없다고 호언장담한다. 경험 많은 현자만이 호의라는 보조수단이 없는 길은 멀고도 험하다는 사실을 잘 안다. 호의는 매사를 수월하게 만들고 보완한다. 용기, 성실, 학식, 심지어 현명함 등 긍정적 자질을 지녀야만 호의를 얻을 수 있는 것은 아니다. 오히려 어떤 이에 대해 일단 호의를 품으면 그 사람이 긍정적 자질들을 지니고 있다고 절로 믿게 되고, 부정적 면모는 자연스레 가려진다. 부정적 면모를 보고자 하는 의지가 없기 때문이다. 호의는 대개 본질적 동질감, 비슷한 기질, 동일한 국적, 친인척 관계, 동일한 조국, 동일한 직업 등 다양한 동질감에서 비롯된다. 혹은 한 차원 높은 수준의 동질감, 즉 비슷한 재능이나 의무감, 명성, 업적 등에 기원을 두기도 한다.

행복할 때 불행을 대비하라. 행복한 시절에는 굳이 애쓰지
않아도 환심을 얻을 수 있고 친구도 넘쳐난다. 그 모든 것이
구하기 어려워지고 모두가 내게 등 돌리는 불행한 시절을 대
비해 그 가치들을 소중히 지켜야 한다. 나아가 친구, 그리고
내게 의무감을 느끼는 사람들과의 관계를 잘 유지해야 한다.
지금 소중하다고 생각되지 않는 것들이 아쉬운 때가 반드시
오게 마련이다. 영혼이 무지한 자들은 행복할 때 친구의 소중
함을 모른다. 내가 행복할 때 외면한 친구가 내가 어려울 때
갑자기 좋은 친구가 돼주지는 않는다.

절대로 다른 사람의 경쟁자가 되지 마라. 남들과 경쟁하면 평판에 금이 간다. 경쟁자들은 경쟁에 돌입하는 즉시 비방을 일삼고 내 머리 위에 그림자를 드리우기 때문이다. 공정한 방법으로 경쟁하는 이는 드물다. 너그러운 자들은 보고도 눈감아줄 만한 흠집들을 경쟁자들은 찾아내지 못해 안달이다. 경쟁의 열기는 이미 오래전에 잊힌 구설수에 새 생명을 불어넣고 땅속 깊은 곳에 묻힌 갈등의 기억들을 파헤쳐 다시 땅 위로 끌어낸다. 경쟁은 상대방에 대한 공공연한 비방으로 시작되고, 해도 될 말, 해서는 안 될 말을 가리는 법 없이 쓸 수 있는 모든 수단을 동원한다. 지금까지의 역사를 봐도 호의적인 사람들은 늘 평화 속에 살았고, 명성과 호평을 누리는 자들은 늘 호의를 지닌 이들이었다.

자기 자신에 대해 절대 언급하지 마라. 자신에 대한 이야기는 둘 중에 하나다. 허영심으로 자화자찬에 빠지거나 소심함으로 자기비난에 빠지는 것이다. 우둔한 말은 듣는 이에게 고역이다. 그러니 일상적 대화를 할 때에도 자신에 대한 이야기는 피하고, 고위직에 있거나 대중들 앞에서 연설을 해야 한다면 더더욱 조심해야 한다. 대중들은 가벼운 실수를 보고 그 사람의 됨됨이를 판단해버리기 때문이다. 그 자리에 있는 사람에 대해서 말하는 것 역시 현명한 행위와는 무관하다. 아첨이나 비난, 둘 중 한 방향이 될 공산이 크기 때문이다.

예의 바른 사람이라는 평판을 얻으라. 그렇게만 되면 인기 있는 사람이 되는 것은 따놓은 당상이다. 예의범절은 교육의 주요 구성요소이자 사람들의 환심을 사는 일종의 마법이다. 반면 무례한 태도는 대중들에게 경멸과 반감만 일으킨다. 자만심에서 비롯된 무례함은 혐오스러우며 천박함에서 비롯된 무례함은 비루하다. 예의는 모자라다 싶을 정도로 갖추는 것보다 과하다 싶을 정도로 갖추는 편이 백번 낫지만 모든 사람들에게 똑같은 예의를 갖춰야 하는 것은 아니다. 그랬다가는 부당하다는 소리를 들을 수 있다. 적과의 관계에서는 자신의 용맹스러움을 증명하기 위해서라도 반드시 예의를 갖추어야 한다. 예의를 차리는 데에는 그리 큰 수고가 들지 않지만 돌아오는 이익은 크다. 상대방을 존중하면 나도 존중받게 되어 있다. 예의와 명예가 지닌 가장 큰 특징은 그것을 갖추는 사람에게 되돌아온다는 것이다.

남들로부터 미움을 사지 마라. 남들의 반감을 사려고 일부러 노력할 필요가 어디 있겠는가, 굳이 애쓰지 않아도 이제 곧 나를 향해 달려올 터인데. 왜, 무엇 때문에 미워하는지도 모르는 채 이유 없이 상대방을 혐오하는 자들은 충분히 널려 있다. 그들의 비위를 기꺼이 맞춰주려는 내 마음가짐보다 더 빠른 속도로 그들은 나를 미워한다. 사람들은 뛰어난 지성을 지닌 자를 경원시하고, 험담하는 자를 혐오하며, 잘난 체하는 이를 경멸하고, 빈정거리는 자를 업신여기고, 괴벽스러운 자를 무시한다. 따라서 존경받고 싶다면 내가 먼저 상대방을 존경해야 하고, 좋은 평판을 누리는 것만큼 값진 보물은 없다는 점을 명심해야 한다.

공연한 일에 끼어들지 마라. 어떤 이들은 매사에 입방아 찧기를 좋아하고 어떤 이들은 만사에 참견하기를 좋아한다. 그들은 모든 일을 심각하게 받아들이고 거기에서 늘 다툼의 소지를 찾거나 남들 앞에서 감춰야 할 사안을 만들어낸다. 그러나 성가신 일에 진지하게 뛰어들어서는 안 된다. 그랬다가는 불편한 시기에 부적절한 일에 말려들기 십상이다. 한 귀로 듣고 한 귀로 흘려버려야 할 일을 가슴 깊이 담아두는 것은 정도正道에서 너무도 벗어난 행위다. 실로 중대한 일은 거들떠보지도 않고 그대로 내버려 두면서 실상 아무것도 아닌 일에는 공을 쏟는 경우가 많다. 처음에는 그런 부당함에서 쉽게 벗어날 수 있지만 시간이 지나면 점점 빠져나오기 어려워진다. 때로는 내버려 두는 것도 나쁘지 않은 삶의 방식이다.

말과 행동에서 깊은 인상을 심어주라. 그렇게 하면 언제 어디에서든 좋은 평판과 존경심이 따라온다. 사람들의 마음을 정복하는 것보다 더 큰 승리는 없다. 사람들의 마음은 무모함이나 교묘한 말재간으로 정복할 수 있는 것이 아니다. 사람들은 천성적으로 우러나오는, 그간 쌓아온 업적을 통해 빛을 발하는 카리스마에 마음을 빼앗긴다.

으스대지 마라. 뛰어난 재능을 가진 사람일수록 그 재능을 적게 의식한다. 자신의 재능을 지나치게 의식하는 것이야말로 그 재능에 가장 큰 흠집을 내는 행위이기 때문이다. 으스대는 행위는 하는 사람도 무안하지만 보는 사람에게는 더 큰 고역이다. 순교자의 심정으로 꾹 참아야 할 지경이다. 어떤 일을 성공적으로 수행했을 때 그 일에 쏟은 공은 숨겨야 한다. 그래야 그 과정 속에 숨은 완전함이 천부적 재능에서 비롯된 것처럼 보인다. 현명한 자는 자신이 지닌 장점에 대해 절대 아는 체하지 않는다. 자신의 장점을 모르는 체하는 바로 그 행위를 통해 남들의 이목을 끌 수 있기 때문이다. 온갖 종류의 완전함을 다 갖추었으나 자기 자신의 완전함에 대해서만큼은 잘 모르는 사람이 그야말로 위대한 인물이다. 그는 그렇게 아무것도 모르는 상태를 통해 가장 큰 박수갈채를 얻어낸다.

다시 보고 싶어지는 인물이 되라. 다시 보고 싶어질 만큼 큰 호감을 일으키는 이는 그다지 많지 않다. 그렇기에 현명한 자들이 다시 보고 싶어지는 사람이 된다는 것은 그만큼 더 큰 행운이다. 그런데 대중들의 마음을 사는 비결이 없는 것은 아니다. 가장 확실한 방법은 탁월한 업무능력과 재능을 보여주는 것이다. 행동거지를 똑바로 하는 것도 효과적인 방법이다. 이렇게 함으로써 자기 자신을 없어서는 안 될 존재로 격상시킬 수 있고, 내가 일을 필요로 하는 것이 아니라 일이 나를 필요로 하게 만들 수 있다. 그러나 후임자의 부족함으로 인해 '구관이 명관'이라는 말을 듣는 것은 명예와는 상관없다. 그 말은 결국 사람들이 나를 원하는 게 아니라 그 사람을 내쫓고 싶어 하는 것밖에 되지 않기 때문이다.

멍청한 행위를 하는 자가 멍청한 것이 아니라 자신의 실수를 감출 줄 모르는 자가 멍청한 자이다. 자신의 취향을 봉인해두는 것도 중요하지만 그보다 더 중요한 것은 결점을 감추는 것이다. 누구나 잘못된 방향으로 발걸음을 내딛는다. 현명한 자들은 실수를 감출 줄 아는 반면 우둔한 자들은 실수를 저지르기도 전에 미리부터 떠벌리고 다닌다는 차이가 있을 뿐이다. 좋은 평판은 행동을 드러내는 것보다는 감추는 것에서 비롯된다. 정숙하게 살지 못한다면 신중하게라도 살아야 한다. 교우관계에서도 친구에게 자신의 허물을 고백하는 행위는 아주 예외적인 경우로만 제한해야 한다. 할 수만 있다면 그냥 마음속에 담아두는 것이 좋다. 이럴 때 쓸 수 있는 가장 좋은 인생의 규칙이 있다. 바로 잊어버리는 것이다.

모든 일에서 고결하고 자유로우며 편견 없는 기품을 지니라. 이는 재능을 구성하는 핵심이요, 언사를 구성하는 호흡이요, 행동을 구성하는 영혼이요, 한 인간을 치장하는 장신구 중의 장신구다. 다른 모든 완벽함은 우리의 인품을 장식하는 장신구인 반면 이러한 기품은 완벽함 그 자체다. 기품은 사고방식에서도 드러나는데, 그러한 기품은 자연이 그 사람에게 내린 선물일 때가 많고 교육의 정도와는 거의 관계가 없다. 교육을 통해서도 도달할 수 없는 경지이기 때문이다. 기품은 우리에게 용기뿐 아니라 과감함까지 부여한다. 기품은 어떤 것에도 구속되지 않는 자에게 완벽함을 더해준다. 기품이 없다면 어떠한 아름다움도 죽은 아름다움이요, 어떠한 우아함도 빗나간 우아함에 지나지 않는다. 기품은 용기, 현명함, 신중함, 나아가 위엄까지, 모든 것을 뛰어넘는다. 기품은 일을 조기에 마무리하거나 우아한 방식으로 곤경에서 벗어나게 해주는 세련된 길잡이다.

절대 불평하지 마라. 불평은 평판만 떨어뜨린다. 다른 이가 다혈질적인 기질을 폭발시킬 때 거기에 동조하며 위로받기보다는 그 무모함에서 배울 점을 찾아야 한다. 부당한 일을 당하면 불평을 늘어놓으며 또 다른 부당함을 초래하는 자들이 있다. 그들은 남들로부터 도움이나 위로를 받으려고 하지만 되돌아오는 것은 남의 고통을 즐기는 마음이나 경멸밖에 없다. 따라서 잘 풀린 일에 대한 경험담을 이야기하여 남들도 그와 비슷한 행동을 하게끔 만드는 편이 훨씬 더 지각 있는 행동이다. 다시 말해 그 자리에 없는 사람을 칭찬함으로써 그 자리에 있는 사람들도 칭찬받을 만한 행동을 하게끔 만드는 것이다. 이렇게 함으로써 결국 양쪽 모두에게 신망을 얻을 수 있다.

행동하고 그 행동을 남들이 보게 하라. 존재는 존재 자체가 아니라 보이는 것으로 평가된다. 미덕을 지니고 그 미덕을 보여줄 수 있다면 두 배로 더 큰 가치를 누릴 수 있다. 남들이 볼 수 없는 것은 존재하지 않는 것이나 다름없다. 아무리 올바르다고 하더라도 올바르게 보이지 않는다면 합당한 존경심을 얻을 수 없다. 도처에 허상이 만연하고, 사람들은 사물을 겉만 보고 판단한다. 그러나 겉으로 보이는 모습과 실체와의 거리는 너무도 멀다. 훌륭한 외양은 내면의 완벽함을 더더욱 빛나게 만든다.

남다른 영혼과 고결한 아량이 아름다운 선행으로 이어지면 그 사람의 인품은 찬란한 빛 가운데에 서게 된다. 고귀한 기질은 아무나 가질 수 있는 것이 아니다. 뛰어난 정신력을 지닌 자만이 고귀한 기질을 지닐 수 있다. 고귀한 기질을 가지려면 적을 칭찬할 줄 알아야 하고 나아가 적에게 관대한 행동을 베풀 줄 알아야 한다. 특히 복수를 해야 하는 상황에서 고귀한 기질은 가장 큰 빛을 발한다. 고귀한 기질을 지닌 자는 복수의 기회를 복수의 기회로만 이용하지 않는다. 그는 위대한 승리를 목전에 둔 상황에서 예기치 않은 아량을 베풀며 더 큰 그릇으로 발전해 나아간다. 이때 승리를 자랑해서는 안 된다. 의식조차 하지 않는 것이 가장 좋다. 이는 분별력 있는 처사일 뿐 아니라 국가의 중책을 맡은 자들에게 없어서는 안 될 덕목이기도 하다. 고귀한 기질을 지닌 자들은 무공은 쌓되 무용담을 떠들어대지는 않는다.

남들과 어울리며 함께 바보가 되는 것이 혼자 동떨어진 채 현자가 되는 것보다 낫다. 적어도 지각 있는 자라면 이렇게 주장한다. 모두가 다 멍청하면 더이상 처질 것도 없다. 하지만 혼자 동떨어진 현자는 멍청하다는 말을 듣는다. 때로는 무지한 것이, 혹은 무지한 척하는 것이 가장 현명한 처사다. 사람은 누구나 남들과 어울리며 살아야 하고, 무지한 자들이 더 많은 것이 현실이다. 홀로 살아가자면 신이나 짐승에 가까워야 한다. 그럼에도 불구하고 처음의 말을 바꾸어서 이렇게 다시 말해보고자 한다. 다른 이들과 함께 현명한 편이 혼자 멍청한 것보다 낫다. 기이함 속에서 독창성을 찾는 이들도 분명 존재하는 듯하기 때문이다.

반발심을 품지 마라. 이는 멍청하고도 혐오스러운 짓이다.
자신이 지닌 모든 현명함을 모순으로부터 탈피하는 데 쏟아
야 한다. 모든 일에서 흠집을 찾아내는 습관이 관찰력을 날카
롭게 단련시킬지는 모르나 단순히 고집만 피우면 무지하다는
비난을 면하기 어렵다. 고집불통인 이들은 온화하고 즐거운
일도 작은 전쟁으로 돌변시키고 친구들의 친구가 되기보다는
적이 돼버린다.

일의 본질을 파악하라. 쓸데없는 잡념에 가지를 치고 피곤한 수다에 잎사귀를 무성하게 늘어뜨리면서 일의 본질은 간과하는 이들이 많다. 그들은 핵심 주변을 백번 맴돌며 자신과 타인을 지치게 만들고 정곡을 찌를 줄 모른다. 이는 이해력 부족의 소산인데, 본인들은 거기에서 벗어나지 못한다. 그들은 내버려 두어야 할 일에 시간과 인내심을 탕진해버렸기 때문에 정작 붙들어야 할 일이 생기면 속수무책이 된다.

내버려 두는 지혜를 지니라. 인생에는 열정의 소용돌이와 폭풍이 있게 마련이다. 그럴 때면 얕은 시냇가의 안전한 부두에 정박하는 것이 현명하다. 의사는 처방전을 쓰지 않으려 할 때에도 처방전을 쓰는 데 필요한 만큼의 지식을 갖추어야 한다. 때로는 처방전을 쓰지 않는 것이 더 뛰어난 효과를 발휘한다. 손 떼고 지켜보는 것 외에는 커다란 소용돌이를 달리 잠재울 방도가 없다. 지금의 양보가 나중의 승리를 보장해준다. 자그마한 돌멩이로 인해 연못이 진흙탕이 되었을 때에는 어떤 조치를 취해도 물이 다시 맑아지지 않는다. 잠자코 기다리는 수밖에 없다. 갈등과 혼란이 일 때에는 일이 그저 흘러가도록 두고 보는 것이 최상의 대책이다. 시간이 지나면 어차피 잠잠해질 것이기 때문이다.

자신의 말에 너무 귀 기울이지 마라. 남들에게 미움받으면서 자기 혼자 만족하는 것은 별 도움이 되지 않는다. 자기만족이 너무 큰 사람은 남들을 만족시키지 못한다. 말하는 동시에 자기 말을 듣기는 불가능하지 않겠는가. 혼잣말은 멍청한 짓이다. 남들 앞에서도 자기 목소리만 들으려고 하는 것은 두 배로 멍청한 짓이다.

공연한 고집을 피우지 마라. 적이 더 나은 쪽에 섰다고 해서 공연한 고집을 피우며 더 나쁜 쪽에 서지 마라. 나보다 앞서 더 나은 편을 선택한 적은 총명했다. 그러나 적에 대한 공연한 반발심에서 더 나쁜 쪽을 선택하는 것은 멍청한 짓이다. 고집 센 자들의 특징은 괜한 반발심으로 진실을 거부하고 자신에게 도움이 될 일에 딴죽을 거는 것이다. 현명한 자는 절대 감정에 휘둘리지 않는다. 자기가 먼저 선택을 하든 나중에 선택을 해야 하는 입장이든 개의치 않고 늘 더 나은 것을 염두에 두고 올바른 편에 선다. 이때 만약 적이 멍청하다면 가려던 길의 방향을 꺾고 결국 더 나쁜 쪽을 선택하여 내가 범할 뻔했던 우를 범할 것이다. 다시 말해 적을 더 나은 길에 들어서지 못하게 하는 유일한 방법은 바로 내가 올바른 길로 들어서는 것뿐이다. 적은 아마도 멍청한 실수를 저지르며 더 나은 길을 저버리고 고집을 부려 상대방을 멀리하려 할 것이다.

상처 난 손가락을 보여주지 마라. 보여주면 동정하기는커녕 모두들 그곳만 공격할 것이기 때문이다. 원래 악한 자들은 상대방의 약점만 공략한다. 자신의 약점을 드러내고 불평해봤자 도움될 일은 하나도 없다. 오히려 분위기를 즐겁게 띄우는 편이 더 유익하다. 악한 의도를 품은 자들은 늘 내 주변을 맴돌며 약점을 찾으려 한다. 그들은 내 상처 입은 부위를 찾아낼 수만 있다면 천 번의 수고도 마다하지 않는다. 신중한 자는 자기가 다쳤다는 사실을 절대 남들에게 알리지 않고 후천적 혹은 천부적 약점을 절대 공개하지 않는다. 운명조차도 내 가장 아픈 곳을 찌르는 데에 재미를 느끼는 듯하다. 운명의 철퇴도 늘 상처부위만 내리친다. 그러니 고통이나 기쁨의 원천이 어디에 있는지 절대 알리지 말아야 한다. 그래야 일찌감치 포기하는 이들이 속출한다. 설령 포기하지 않는 이들이 있다고 하더라도 결국 그들은 궁금증으로 인해 고통받을 것이다.

속을 들여다보라. 사물의 본질이 겉보기와는 영 딴판일 때
가 많다. 껍질 속을 파고들 줄 모르는 무지한 자들은 속을 들
여다보면 실망한다. 거짓은 겉으로 드러나 있을 때가 많다. 따
라서 거짓의 뒤를 좇는 자들은 겉만 보고 금세 거짓에 현혹된
다. 그러나 진정하고 올바른 것은 늘 깊은 곳에 감춰져 있다.

다가가기 어려운 자가 되지 마라. 누구의 말도 듣지 않으려는 자는 손을 쓸 수 없을 정도로 무지한 자이다. 신중하다고 자부하는 자들도 우정 어린 충고에 귀 기울일 줄 알아야 하고 군주일지라도 자기와 다른 의견을 배척하면 안 된다. 들어보지도 않고 거부부터 하는 구제불능인 자들이 있다. 아무도 그들에게 다가가지 않기 때문에 그들은 멸망의 길로 돌진할 수밖에 없다. 위대한 지성의 소유자들도 친구들에게 마음의 문을 열어야 한다. 친구들은 분명 도움이 돼줄 것이다. 서로 거리낌 없이 충고할 뿐 아니라 자유롭게 비난할 수 있어야 친구지간이라고 할 수 있다. 내가 친구에게 만족감을 드러낼 때, 나아가 그의 신용과 지성을 높이 평가할 때 친구는 내게 충고와 비판을 할 수 있다. 누구든 가리지 않고 모두 다 배려하고 믿어야 한다는 뜻은 아니다. 하지만 우리 마음속 깊은 곳에는 믿어도 좋을 만한 거울이 내재되어 있다. 그 거울을 보고 내 잘못을 지적하며 바로잡아주는 고마운 친구가 누구인지, 그리고 그 친구를 소중히 여겨야 한다는 것을 알 수 있다.

자신의 가치를 부각시킬 줄 아는 사람이 되라. 내면에 선한 가치를 지니는 것만으로는 충분치 않다. 사람들이 전부 다 핵심을 파고들거나 속내를 들여다보는 것은 아니기 때문이다. 사람들은 대부분 대중이 몰려가는 방향으로 우르르 몰려갔다가 남들이 되돌아오면 자기도 그들을 따라 되돌아와 버린다. 그렇기 때문에 자기를 부각시키는 기술이 필요하다. 때로는 무언가를 칭송하며 그것을 갖고 싶게 만드는 기술이 필요하고, 때로는 인상적인 이름을 거론하며 가치를 드높일 줄 알아야 한다. 물론 거짓을 말하며 허풍을 떨어서는 안 된다. 나아가 사람들에게 똑똑하다는 칭찬을 해주는 것도 매우 유용한 수단이 된다. 다들 자기가 똑똑한 줄 알고 있기 때문이다. 그러나 자신이 지닌 것을 가벼운 것, 혹은 평범한 것으로 소개해서는 안 된다. 그렇게 하면 짐을 덜기는커녕 위신만 실추될 뿐이다. 사람들은 모두 다 특별한 것을 갈구한다. 뛰어난 취향을 가진 자나 탁월한 지성을 가진 자나 특별한 것에 끌리기는 매한가지다.

앞날을 내다볼 줄 알라. 오늘 이미 내일을, 나아가 더 먼 미래를 내다볼 줄 아는 사람이 되어야 한다. 근심과 걱정의 나날들이 언제가 될지 미리 점치는 것보다 더 큰 신중함은 없다. 세심한 자들에게 불의의 사고란 없고 주의 깊은 자들에게 뜻밖의 위험이란 없다. 그러니 늪에 목이 잠길 때까지 생각을 미뤄서는 안 된다. 일이 터지기 전에 미리 생각해야 한다. 베개는 말 없는 예언자다. 그 베개 위에 머리를 뉘고 눈 감은 채로 고민하는 것이 나중에 눈 뜬 채로 한탄하는 것보다 낫다. 삶 전체를 통해 끊임없이 생각해야 올바른 길에서 벗어나지 않을 수 있다.

자신을 음지로 내몰 자들과 어울리지 마라. 더 위대할수록
더 많은 존경을 얻는다. 너무 위대한 자 곁에 있으면 그는 주
연이, 나는 조연이 되고 만다. 그러니 내 머리 위에 어둠을 드
리울 자들과 어울리지 말고 나를 빛내주는 자들과 어울려야
한다. 영리한 파블라도 못생긴 시녀들에게 허름한 옷을 입히
는 방법을 써서 마르스 앞에서 아름다움을 뽐냈다. 하지만 보
잘것없는 이와 어울리며 자기를 위험에 빠뜨리거나 자신의
평판이 떨어질 것을 무릅쓰면서까지 다른 사람의 명예를 드
높일 필요는 없다. 수련 중인 자라면 자기보다 뛰어난 자와,
그리고 이미 경지에 오른 자라면 평범한 자들과 어울리는 것
이 좋다.

쉽게 믿지 말고 쉽게 좋아하지 마라. 정신의 성숙도는 믿음을 선물하는 속도의 느림을 보고 알 수 있다. 거짓이 만연해 있는 만큼 믿는 것이 오히려 이상한 일이 되어야 마땅하다. 그러나 상대방의 말을 의심한다는 인상을 심어줘서는 안 된다. 상대방을 사기꾼이나 남의 말에 현혹당한 자로 여기는 행위는 예의에 어긋날 뿐 아니라 상대방에게 모욕감을 줄 수 있다. 그런데 이것이 가장 끔찍한 상태는 아니다. 정작 그보다 더 끔찍한 상태는 상대방을 믿지 못함으로써 자신이 거짓말쟁이가 될 수 있다는 것이다. 그렇게 되면 이중의 고통을 겪어야 한다. 믿을 사람이 없어서 괴롭고 믿어주는 사람이 없어서 괴로운 것이다. 그러나 어쨌든 듣는 입장에서는 판단을 미루는 것이 현명한 처사이고 말하는 입장에서는 자기를 믿어주는 사람을 찾는 것이 바람직하다. 위에 언급한 것과 유사한 종류의 경솔함이 사람을 좋아하는 행위에서도 드러난다. 그러니 우리는 거짓말과 더불어 거짓 행위도 존재한다는 점을 간파해야 한다.

108

가능하다면 성을 내기 전에 이성적으로 한 번 더 생각해보는 것이 좋다. 합리적인 이성을 지닌 자라면 그리 어렵지 않을 것이다. 반드시 화를 내야 할 상황이라면 우선 내가 화났다는 것을 상대방에게 똑똑히 알려야 한다. 그렇게 함으로써 자기 감정을 조절할 수 있다. 다음으로 어느 수준까지 화를 내야 할지를 결정해야 하고, 일단 판단이 섰으면 그 선을 넘지 말아야 한다. 분노를 폭발시킬 때에도 누그러뜨릴 때에도 이런 식으로 현명하게 행동해야 한다. 나아가 적당한 시기에 그만둘 줄 알아야 한다. 달리기에서 가장 어려운 일은 멈추는 것이다. 지성인임을 증명해주는 가장 큰 증거는 격해진 감정을 현명하게 조절하는 능력이다. 과다한 감정 표현은 모두 이성에 어긋나는 행위다.

사람의 인품을 잘못 판단하지 마라. 이는 최고로 나쁘면서도 최고로 범하기 쉬운 실수다. 물건의 품질보다는 가격을 사기당하는 것이 낫다. 물건에서도 그렇거니와 사람 앞에서는 특히 더 속을 들여다봐야 한다. 사물을 고를 줄 아는 것과 사람을 볼 줄 아는 것, 이 두 가지 사이에는 엄청난 거리가 존재한다.

친구를 이용할 줄 아는 사람이 되라. 현명한 자는 친구를 이용하는 기술도 지니고 있다. 어떤 친구들은 나와 멀리 떨어져 있고, 어떤 친구들은 가까운 곳에 있다. 말주변은 없지만 글재주를 지닌 것처럼 보이는 친구도 있다. 가까이에 있다면 두고 보지 못할 실수도 멀리 떨어져 있을 때에는 용서가 되기 때문에 당연히 그렇게 보이는 것이다. 친구는 단순히 같이 웃고 떠들기 위해 만나는 이들이 아니다. 친구를 이용할 줄도 알아야 한다. 친구가 되려면 세 가지 특성을 지녀야 한다. 어떤 이들은 선한 자들에게서 나타나는 특징들이라 하고 어떤 이들은 모든 존재에게서 나타나는 특징들이라고 하는 것인데 하나가 됨, 참됨, 선함이 바로 그것이다 스콜라철학의 한 명제인 '모든 존재는 하나요, 참되며, 선하다Quodlibet ens est unum, verum, bonum'에서 비롯된 말.

이렇듯 친구는 모든 것을 지닌 존재다. 좋은 친구의 자질을 지닌 이는 그리 많지 않다. 게다가 그런 친구를 고를 자질이 없는 사람이라면 좋은 친구를 가질 수 있는 확률은 그만큼 더

줄어든다. 좋은 친구와의 우정은 구축하는 것보다 유지하는 것이 더 중요하다. 오랫동안 우정을 교환할 수 있는 친구를 선택하라. 처음에 생소한 느낌이 들더라도 불안해할 필요는 없다. 해가 거듭되면서 우정도 무르익기 때문이다. 소금을 많이 지닌 이가 가장 좋은 친구다. 그 친구를 얻기 위해서라면 됫박 여러 개를 동원할지라도 아깝지가 않다. 친구가 없어 고독한 것보다 더 슬픈 일은 없다. 우정은 좋은 것을 두 배로 불리고 나쁜 것을 반으로 나눈다. 우정은 불행에 대비하는 가장 좋은 수단이요, 영혼을 자유로이 숨 쉬게 해주는 환기구다.

멍청한 자들을 보더라도 참을 줄 알라. 현명한 자들은 늘 참을성이 없다. 지식을 쌓는 동시에 조급함도 같이 쌓이는 것이다. 지성이 뛰어난 자를 만족시키기는 어렵다. 그러나 에픽테토스는 삶의 첫 번째 규칙이 바로 참을 줄 아는 것이라고 했다. 인내심에 지혜의 절반이 숨어 있다. 우리가 가장 의지해야 할 사람들이 제일 견디기 어려운 사람들일 때가 있다. 그런 경우야말로 극기 훈련의 기회다. 참을성을 발휘하면 값으로 따질 수 없을 만큼의 평화가 창출되고, 이는 행복한 세상으로 이어진다. 도저히 참을성이 발휘되지 않고 세상에 참아줄 수 있는 사람이 자기 자신밖에 없을 때라면 차라리 혼자 있는 편이 낫다.

입 밖으로 내뱉는 말을 조심하라. 상대가 경쟁자일 때에는 신중의 차원에서, 그렇지 않을지라도 품위 유지 차원에서 말을 조심하는 것이 좋다. 못다 한 말을 내뱉을 시간은 얼마든지 있지만 이미 내뱉은 말을 주워 담을 시간은 절대 주어지지 않는다. 그러니 말을 할 때에는 유언을 남기듯 해야 한다. 말수가 적을수록 분쟁의 소지도 줄어든다. 은밀한 침묵 속에는 신의 위력이 숨어 있다. 경솔하게 말을 내뱉은 자는 얼마 지나지 않아 상대방에게 제압당하거나 제명당하고 만다.

자신이 흔히 저지르는 실수를 파악하라. 가장 완벽한 사람이라도 흔히 저지르는 실수가 있다. 그는 그런 실수들과 부부관계 혹은 연인관계에 놓여 있는 것이 틀림없다. 뛰어난 정신의 소유자도 그런 실수들을 지니고 있다. 지성이 뛰어날수록 실수의 정도도 커진다. 혹은 실수가 더 눈에 띈다. 그들은 그러한 실수를 몰라서 저지르는 게 아니다. 알면서도 즐기는 것이요, 충분히 피할 수 있는 실수들을 일부러 더 골라서 하는 악취미이니 두 배로 더 악하다. 그러한 실수들은 완벽함에 오점을 남긴다. 보는 사람들은 본인들이 그 실수를 마음에 들어하는 것만큼의 강도로 그 실수를 혐오한다. 그러니 결단력 있는 태도로 자기절제 훈련을 하여 불필요한 실수들을 자제하고 자신의 장점들에 묻은 얼룩을 제거해야 한다. 사람들은 가뜩이나 얼룩에만 집착한다. 그들은 감탄할 만한 선행을 보고 칭찬을 하려다가도 고약한 실수를 떠올리며 칭찬하려던 입을 다물어버리고, 그가 지닌 재능들마저 흉보며 그를 최대한 깎아내린다.

경쟁자와 중상하는 자를 이기는 방법을 배우라. 경쟁자와 중상자를 무시하는 것이 현명한 방법처럼 보이겠지만 그것만으로는 충분치 않다. 관대한 아량이 더해져야 한다. 자기를 비방하는 자들에 대해 좋게 이야기하는 것보다 더 칭찬받을 만한 일은 없다. 또 재능을 과시하고 공적을 쌓는 것보다 더 영웅적인 복수도 없다. 그렇게 함으로써 시기하는 자들을 제압하고 고문할 수 있다. 내가 행복의 계단을 하나씩 오를 때마다 나를 시샘하는 자들의 목은 밧줄에 옥죄인다. 미워하는 자가 명성을 얻을 때 그 경쟁자는 지옥을 경험한다. 이는 벌 중에서도 최고의 형벌이다. 적의 행복이 그들에게는 독이 되기 때문이다. 게다가 시샘하는 자들은 단 한 번 죽는 것으로 그치지 않는다. 시기의 대상이 박수갈채를 받을 때마다 죽고 또 죽는다. 한 사람에게는 불멸의 명예인 것이 다른 사람에게는 커다란 고통이 된다. 전자는 늘 명예를 누리고 후자는 늘 고통에 신음한다.

말뿐인 자와 행동이 뒤따르는 자를 구분하라. 이 둘을 구분할 때에는 친구와 지인, 그리고 동료를 구분할 때만큼의 철저함이 요구된다. 하지만 각각의 차이는 너무도 크다. 말은 거창하게 해놓고 행동이 뒤따르지 않는 것도 나쁘지만 형편없는 말을 해놓고 그 말을 그대로 행동에 옮기는 것은 더더욱 좋지 않다. 말은 바람과 같아서 끼니를 때워주지 못하고, 올바른 행실도 예의를 갖춘 허상에 지나지 않기에 삶을 연명시켜주지 못한다. 말은 행동의 근간이 될 때 가치를 지닌다. 잎사귀만 무성할 뿐 열매를 맺지 않는 나무에는 고갱이가 없는 경우가 대부분이다. 어떤 나무를 베어서 활용하고 어떤 나무를 그늘을 드리우기 위한 차양으로 사용할 것인지 구분할 줄 아는 능력이 필요하다.

위기에서 벗어나는 법을 익히라. 커다란 위기에 처했을 때 대담한 심장보다 더 든든한 동반자는 없다. 그러나 때로는 마음이 약해질 수도 있다. 그럴 때면 심장 옆의 기관들이 심장을 보조해야 한다. 방법에 통달한 자는 큰 수고를 들이지 않고 위기에서 벗어난다. 운명이 나를 몰아친다고 해서 내 손에 쥔 무기까지 내줄 필요는 없다. 무기를 내줘 버리면 도저히 참을 수 없는 불행이 덮치고 만다. 불행이 닥칠 때 아무런 손을 쓰지 못하는 이들이 있다. 그들은 불행을 감당할 능력조차 없기 때문에 불행의 무게만 두 배로 가중시킨다.

멍청한 괴짜가 되지 마라. 허세 부리는 자, 자만하는 자, 고집 부리는 자, 변덕 부리는 자, 자신의 주장을 절대 굽히지 않는 자, 유난 떠는 자, 과장하는 자, 허풍 떠는 자, 캐묻기 좋아하는 자, 비꼬기 좋아하는 자, 파벌 나누기를 좋아하는 자, 그리고 온갖 종류의 편견을 지닌 자가 멍청한 괴짜에 속한다. 모두 다 정도를 넘어서는 자들이다. 정신적 돌연변이가 신체적 돌연변이보다 더 추악하다. 한 차원 높은 아름다움에 위배되기 때문이다. 그러한 치명적 결함을 지닌 이를 대체 누가 도와줄 수 있겠는가? 전혀 자제가 안 되는 상황이기에 그들에게는 도움받을 여유조차 없다. 그들은 예리하고도 진정한 충고보다는 자신들 착각 속의 박수갈채에 더 귀 기울인다.

백 번 명중시키는 것보다 한 번 빗맞히지 않는 것에 더 주의하라. 태양이 빛날 때에는 아무도 태양을 바라보지 않는다. 그러다가 달이 태양을 가리면 모두가 쳐다본다. 사람들은 나의 성공을 두고 이러쿵저러쿵 떠들지 않는다. 내가 실패했을 때 모두들 입방아를 찧는다. 실패에 대한 비방은 명예의 실추로 이어진다. 그 파장은 성공이 내 명성을 격상시키는 것보다 더 크다. 죽은 뒤에야 세상에 이름을 남긴 이들이 많다. 그러나 위대한 인물의 업적을 전부 모아도 그 사람의 유일한 흠을 가리지는 못한다.

매사에 여유분을 비축하라. 이로써 자신의 가치를 드높일 수 있다. 무슨 일이 있을 때마다 그 즉시 자신이 가진 재주와 능력 전부를 드러낼 필요는 없다. 일이 잘못 풀렸을 때를 대비해 늘 빠져나갈 틈을 남겨두어야 한다. 퇴각의 여지를 조금 남겨둘 때 전면공세보다 더 많은 것을 얻을 수 있다. 이를 통해 자신의 가치와 평판을 격상시킬 수 있기 때문이다.

호의를 남용하지 마라. 커다란 호의는 커다란 일에 베풀어야 한다. 사소한 일에 큰 신뢰를 쏟아서는 안 된다. 이는 호의를 남용하는 행위다. 사소한 목적을 위해 자기가 지닌 호의를 다 베풀어버리면 나중에 무엇이 남겠는가? 자신을 옹호해주는 사람보다 더 큰 가치를 지닌 것은 아무것도 없고, 오늘날 호의보다 더 값진 것은 존재하지 않는다. 호의는 세상을 일으켜 세우기도 하고 파괴하기도 한다. 호의는 심지어 영혼을 불어넣거나 앗아가기도 한다. 힘을 지닌 자의 호의를 얻는 것이 재물과 재산을 쌓는 것보다 더 중요하다.

잃을 것이 없는 자와의 다툼에 휘말리지 마라. 상대방은 아무 근심 없이 싸움에 임하기 때문에 불공평한 싸움이 될 수밖에 없다. 그는 수치심을 포함해 잃을 수 있는 것은 이미 다 잃었고 이제 더이상 잃을 것이 없는 상태다. 그렇기 때문에 어떤 비겁한 행위도 꺼리지 않는다. 소중한 명예를 그런 식의 얼토당토않은 위험에 노출시켜서는 안 된다. 몇 해에 걸쳐 쌓은 공든 탑이 한순간에 무너질 수 있다. 책임감과 명예심을 지닌 자라면 자신이 입을 엄청난 손실을 염두에 두고, 먼저 자기 자신의 명예에 대해, 이어 상대방의 명예에 대해 생각해봐야 한다. 신중하게 결정한 다음에 싸움에 임하고 적절한 시기에 퇴각하여 명예를 보전할 수 있는 여지를 남겨두어야 한다. 끔찍한 일에 휘말리다가 한 번 명예를 잃어버리면 나중에 아무리 마무리를 잘해도 잃어버린 명예를 되찾을 수 없다.

살얼음판 같은 사람이 되지 마라. 친구 사이에서는 더더욱 조심하라. 쉽게 깨지는 이들이 있다. 그만큼 강하지 못하다는 증거다. 그들은 떠돌지도 않은 말들을 떠올리며 스스로 모욕감을 느끼고 남들에게 불쾌한 공세를 가한다. 그들은 기질이 눈동자보다 약해서 농담으로든 진심으로든 건드리는 것을 참지 못한다. 그들은 아무 의미 없는 사소한 일에도 상처를 받는다. 일부러 공격할 필요조차 없다. 그런 자들을 상대할 때에는 극도로 조심해야 한다. 상처받기 쉬운 기질이라는 것을 늘 염두에 두어야 하고 표정을 관찰하는 것도 잊어서는 안 된다. 조금이라도 불쾌하면 역정을 부리는 이들이기 때문이다. 대개 매우 이기적인 그들은 자기 기분의 노예다. 그렇기 때문에 기분이 좋아지기만 한다면 무엇이든 내팽개칠 용의도 지니고 있다. 그들은 또 스스로 만들어낸 거짓 명예의 추종자들이다. 반면 사랑을 하는 자는 금강석처럼 강인하다. 연인을 금강석에 비유하는 것도 이 때문이다.

내용이 충실한 사람이 되라. 내용이 충실한 사람은 그렇지 않은 이들에게서 만족을 얻지 못한다. 겉보기에 완전해 보이는 사람이라고 해서 모두 다 실제로 완전한 것은 아니다. 겉모습은 거짓인 경우가 더 많다. 그들은 착각을 잉태하여 거짓을 출산한다. 그들과 비슷한 성향을 지닌 자들도 적지 않다. 그들과 비슷한 자들이란 많은 것을 보장해주지 못하는 진실보다는 많은 것을 약속하는 거짓에서 더 큰 즐거움을 찾는 이들을 말한다. 거짓은 꼬리에 꼬리를 문다. 그 결과 건물 전체가 부실해지고 사상누각은 결국 무너질 수밖에 없다. 그릇된 일은 오래가지 못한다. 많은 것을 약속한다는 것부터가 의심의 대상이다. 너무 많은 증거로 뒷받침되어야 하는 것은 결코 올바른 것일 수 없다는 것과 같은 이치다.

마음의 소리를 믿으라. 그 마음이 지닌 능력이 입증되었다면 더더욱 그리해야 한다. 마음의 소리를 귓등으로 듣고 흘려서는 안 된다. 마음의 소리야말로 가장 중요한 것이 무엇인지 미리 알려줄 때가 많기 때문이다. 마음의 소리는 자기가 자신에게 전달하는 일종의 계시다. 진실을 알려주는 심장을 타고난 이들이 있다. 그들의 마음은 불행이 다가올 때면 경고의 소리를 내고 예방책을 마련하라고 경종을 울린다. 그런데 불행의 길을 우회한다고 현명한 것은 아니다. 불행을 극복해야만 현명한 것이다.

.

125

과묵함은 능력 있는 자의 봉인이다. 비밀이 없는 가슴은 뜯겨진 서신과 같다. 그릇이 깊은 자는 비밀도 깊이 간직한다. 과묵함은 위대한 자제력에서 비롯되고, 자기 자신을 극복하는 것이야말로 진정한 승리다. 자신에 관한 이야기를 떠벌리면 떠벌릴수록 이용당하기 쉬운 사람이 되고 만다. 행동으로 해야 할 일은 말로 할 필요가 없고 말로 해야 할 일은 행동으로 할 필요가 없다.

거짓말하지 마라. 그러나 진실을 모두 말하지도 마라. 진실보다 더 큰 조심성을 요구하는 것은 없다. 진실은 관상동맥을 찌르는 침과 같다. 진실에 대해 침묵하기 위해서는 진실을 말할 때 필요한 것만큼의 지성을 쌓아야 한다. 단 한 번의 거짓말로 지금까지 완전무결했던 명성을 순식간에 무너뜨릴 수 있다. 기만은 범죄로, 사기꾼은 배신자로 간주된다. 진실이라고 해서 모두 다 말할 수 있는 것은 아니다. 어떤 진실은 우리 자신을 위해, 어떤 진실은 상대방을 위해 감추어야만 한다.

어떤 것도 너무 확신하지 마라. 멍청한 자들은 모두 지나친 확신을 지녔으니, 지나치게 확신하는 자들은 모두 멍청하다. 판단력이 흐린 사람일수록 고집이 세다. 내가 옳다는 게 눈에 뻔히 보일지라도 약간의 여지를 남겨두는 것이 좋다. 어차피 내가 옳다는 것은 만천하에 알려진 마당이니 한 걸음 물러나면 예의 바른 사람이라는 말까지 들을 수 있다. 외고집을 부려서 이길 경우, 득보다는 실이 많다. 고집을 피울 경우 진실의 수호자라기보다는 야만인이라는 인상만 남기기 때문이다. 그러나 아무리 설득해도 통하지 않는 고집불통들이 분명 존재한다. 그리고 때로는 지나친 확신에 변덕스러운 고집이 더해지기도 한다. 이 둘은 힘을 합쳐 멍청함과 떼려야 뗄 수 없는 관계를 맺는다. 고집은 의지의 소산이지 지성의 소산이 아니다. 그러나 고집을 발동하지 않으면 곤란해지는 예외적인 경우도 있다. 결단을 내릴 때 고집, 즉 확고함을 발휘하지 못하고 그 결과 확고히 행동으로 옮기지도 못하면 싸움에서 지고 만다.

단 한 번의 시도에 자신의 온 명예를 걸지 마라. 그 일이 실패로 돌아가면 피해는 도저히 복구 불가능하게 된다. 실패의 가능성은 언제든지 존재한다. 첫 번째 시도에서 실패할 가능성은 더더욱 크다. 시간과 기회가 늘 내 편에 서지는 않는다. 다만 운이 따르는 날도 있는 법이다. 어쨌든 두 번째 시도는 첫 번째 시도와 연계시켜야 한다. 두 번째 시도가 성공하든 실패하든 첫 번째 시도가 명예를 회복시켜줄 것이다.

그 자리에 없는 사람을 칭찬할 줄 알라. 제삼자를 칭찬한다는 것은 과거 어딘가에서 알게 된 훌륭한 인물을 지금 이 자리에서 칭송하는 것이요, 이는 내 취향에 대한 신뢰도를 높여주는 수단이 된다. 완전한 자의 가치를 확인한 자라면 어딜 가더라도 그 사람에게 합당한 칭찬을 할 수밖에 없다. 나아가 이를 통해 지금 내 눈 앞에 있는 또 다른 완전한 자에게 매우 세련된 방법으로 예의를 표할 수 있다. 그러나 이와는 반대로 행동하는 자들도 있다. 그들은 험담을 일삼고 그 자리에 없는 사람을 깎아내림으로써 눈앞에 있는 사람의 비위를 맞추려 한다. 이 방법은 속이 얕은 사람에게는 통한다. 그들은 상대방이 늘 비열한 험담만 늘어놓는다는 사실을 알아채지 못하기 때문이다. 그런가 하면 어제의 뛰어난 인물보다 오늘의 평범한 자를 더 높이 사야 한다는 철학을 지닌 이들도 있다. 신중한 자는 이 모든 속임수를 꿰뚫어보고 누군가의 부풀려진 무용담을 듣고 좌절하지도, 듣기 좋은 달콤한 말에 당당해하지도 않는다.

남의 약점을 이용하라. 약점을 말하는 순간, 그 약점은 상대방에게 매우 효과적인 도구가 된다. 철학자들은 약점이나 결함이 아무것도 아니라고 했지만, 정치가들은 그것이야말로 모든 것을 의미한다고 했다. 후자들이 제대로 이해한 것이다. 남이 무언가를 갈망할 때 그것을 자신의 목적달성에 이용할 줄 아는 이들이 있다. 그들은 기회를 놓치지 않고 원하는 것을 갖는다는 것이 얼마나 어려운 일인지에 대해 늘어놓으며 입맛을 자극한다. 물론, 그들은 막상 원하는 것을 가졌을 때의 무덤덤함보다는 가지기 전의 아쉬움을 더 강조한다. 손에 넣기 어려운 것일수록 더더욱 갈망하는 법이다. 내 목적달성을 위해 남이 내게 의존하게 만드는 기술은 매우 세련된 재주이다.

상대방이 보여주는 예의에 너무 흡족해하지 마라. 그것은 일종의 기만행위에 불과하다. 테살리아 들판의 약초를 사용하지 않고도 마법을 부리는 자들이 있다. 그들은 모자를 벗어 경의를 표하며 자만심에 빠진 이들의 비위를 맞추는 동시에 그들을 바보로 만들어버린다. 진정한 예의는 의무감에서 비롯된다. 아무 짝에도 쓸모없는 거짓 예의는 사기다. 그런 식의 예의는 겸손함과는 무관하다. 상대방이 자기에게 의지하게끔 만드는 수단일 뿐이다.

평화롭게 오래 살라. 그것이 내가 살고 남이 살기 위한 길이다. 평화주의자들은 의미 없이 살지 않는다. 그들은 지배하며 산다. 무언가를 듣고, 보고, 그리고 침묵하라. 다툼 없이 지나간 날에는 잠도 잘 온다. 유쾌하게 오래 사는 것은 두 번 사는 것과 같고, 이는 평화의 열매다. 별로 중요하지 않은 일에 관심을 끊는 자는 모든 것을 얻는다. 보고 듣는 모든 것을 가슴에 담아두는 것보다 멍청한 짓은 없다.

자신의 이익을 위해 남의 일에 참견하는 사람을 조심하라. 교묘한 속임수에는 예리한 후각으로 맞서야 한다. 정작 자신의 이익과 관련된 일임에도 불구하고 그것을 상대방의 일인 것처럼 포장하는 이들이 많다. 그런 의도를 간파할 수 있는 열쇠를 지니지 않으면 걸음을 옮길 때마다 구덩이에 빠진다. 불구덩이에 담긴 무언가를 빼내고 나면 결국 상대방에게는 이익이 돌아가고 내 손에는 커다란 화상만 남는다.

내 자신과 내가 하는 일을 합리적으로 관찰할 줄 알라. 이제 막 삶에 눈을 떴을 때부터 그리해야 한다. 누구나 자기가 잘난 줄 안다. 그럴 근거가 전혀 없는 사람일수록 자신을 더 높이 산다. 모두가 자기는 반드시 행복하게 될 거라 믿고 자기야말로 최고의 기적이라 생각한다. 그런 착각은 고통의 원천이다. 언젠가는 거짓 없는 진실이 환상을 깨뜨리기 때문이다. 현명한 자는 그러한 과오를 미리 꿰뚫는다. 현명한 자도 최선의 것을 바라기는 하겠지만, 그러는 한편 최악의 경우를 각오한다. 그래야 자기 앞에 닥치는 일을 담담하게 받아들일 수 있기 때문이다. 과녁을 적중시키기 위해 활을 조금 치켜드는 것은 괜찮지만 화살이 과녁과 상관없는 엉뚱한 곳으로 날아갈 정도로 높이 치켜들어서는 안 된다. 멍청함을 치유하는 가장 좋은 약은 아는 것이다. 자신의 능력과 지위가 어디까지인지를 알아야 한다. 그러면 현실감각을 가질 수 있을 것이다.

다른 이를 높이 살 줄 알라. 남에게 가르쳐줄 게 아무것도 없는 자는 없다. 그리고 다른 사람을 뛰어넘는 자는 언제든지 또 다른 이로부터 추월당할 수 있다. 현명한 자는 누구를 대하든 그들 각자가 지닌 장점을 파악하고, 그들이 그렇게 되기까지 얼마만큼의 노력이 필요한지 알기에 모두를 높이 산다. 반면 멍청한 자는 장점은 보지 못하고 단점만 발견하면서 모두를 멸시한다.

자신에게 주어진 행운을 파악하라. 운을 하나도 타고나지 않을 만큼 불행한 사람은 없다. 불행한 사람은 타고난 운을 알아채지 못한 것뿐이다. 제후나 권력자들 중에는 명성이라는 운을 타고난 자가 많다. 그들은 왜 그런 운이 따르는지 알지 못한다. 아마도 운명의 여신이 그들의 손을 들어준 까닭일 것이다. 여기에 그들 자신의 노력은 보조적 역할만 수행할 뿐이다. 그런가 하면 어떤 이들은 현명한 자가 될 운을 타고난다. 이들도 직책이나 지위에서만큼은 남들보다 더 큰 행운을 누린다. 남들과 특별히 구분되는 점도 없고 더 많은 공적을 쌓은 것도 아니지만 이들에게는 그런 행운이 주어지는 것이다. 우리는 각자 자신에게 주어진 행운과 재능이 무엇인지 알아야 한다. 그리하여 그 행운의 별을 따르고, 갈고닦고, 내 행운의 별을 다른 별과 착각하지 말아야 한다. 자신의 별을 다른 별과 착각하는 것은 작은곰이 손가락으로 가리키는 방향을 뻔히 보면서도 북극성을 찾지 못하는 것과 같다.

희망의 여지를 남겨두라. 그래야 행복 속에서 불행을 느끼지 않을 수 있다. 우리 몸은 숨 쉬고 싶어 하고 정신은 앞으로 나아가고 싶어 한다. 이미 모든 것을 지닌 자는 나머지 것들에서 실망과 불만만 느낀다. 지성을 수련할 때에도 호기심을 자극하고 기대를 불러일으킬 여지는 남겨두어야 한다. 칭찬을 할 때에도 아낌없는 칭찬은 자제하는 것이 현명하다. 더이상 바랄 것이 없어지면 모든 것은 두려워진다. 행복 속에서 불행을 느끼는 것이다! 두려움은 희망이 끝나는 곳에서 시작된다.

말과 행동이 완전한 인물을 만든다. 말은 유창하게, 행동은 성실하게 해야 한다. 전자는 머리의 완벽함을, 후자는 마음의 완벽함을 보여주는 증거다. 이 둘은 탁월한 영혼에서 비롯된다. 말은 행동의 그늘이다. 말은 여성적이요, 행동은 남성적이다. 내가 명예로워지는 편이 남을 명예롭게 만드는 것보다 낫다. 그러나 말은 쉽지만 행동은 어렵다. 행동은 삶의 본질이고 말은 거기에 더해지는 장신구다. 탁월한 행동은 멸하지 않지만 탁월한 언사는 시간이 지나면 사라진다. 행동은 생각의 열매다. 그러니 현명하게 생각했다면 행동도 성공으로 이어질 것이다.

쉬운 일은 어려운 일처럼, 어려운 일은 쉬운 일처럼 처리하라. 전자는 자신감에 들떠 경솔해지지 않기 위함이요, 후자는 미리부터 겁먹고 실의에 빠지지 않기 위함이다. 일이 하기 싫을 때에는 이미 그 일을 한 것처럼 생각해버리면 된다. 그러나 성실함과 노력은 불가능한 것도 가능한 것으로 만든다. 자신에게 주어진 책임이 막중할지라도 우선은 그것을 잊어야 한다. 그래야 난관을 쳐다보는 것만으로 실천 의지가 마비되는 사태를 막을 수 있다.

흥분을 자제하라. 분노하거나 열광한 짧은 순간에 대한 소문이 담담하게 보낸 긴 시간에 대한 말보다 더 멀리 전달된다. 때로는 아주 짧은 순간이 평생을 망치기도 한다. 우리의 이성을 시험대에 올리기 위해 일부러 술수를 부리는 이들도 있다. 그들은 우리의 내면 깊은 곳을 들여다보려 하고, 현명한 자가 이성을 상실할 만한 건수를 찾았다 싶으면 그곳을 가차 없이 공략한다. 말은 내뱉는 사람에게는 매우 가볍지만 그것을 받아들이고 저울질하는 사람에게는 매우 무거워질 수 있다.

바보병에 걸려 죽을 필요는 없다. 현명한 자들은 대개 지성을 상실한 다음에 사망하지만 바보들은 지성과 맞닥뜨리면 죽는다. 바보들은 너무 많이 생각하면 죽는다고 한다. 어떤 이들은 생각하고 느끼기에 죽음을 맞이하고 어떤 이들은 생각도 감정도 없기 때문에 삶을 누린다. 후자는 고통으로 죽음을 맞이하는 것이 아니기에 바보들이고 전자는 생각과 감정을 지녔기에 바보들이다. 바보란 지식이 쌓이면 감당하지 못하고 죽어버리는 자들을 말한다. 이 말이 맞는다면 어떤 이들은 너무 똑똑해서 죽고 어떤 이들은 똑똑하지 않아서 살아 있는 것이다. 그런데 그렇게 많은 이들이 바보처럼 죽어가지만 신기하게도 진짜 바보들은 잘 죽지 않는다.

세상에 만연한 명청함에 물들지 마라. 이는 매우 현명한 처사다. 대중적 명청함은 꽤 위력적이다. 널리 퍼져 있다는 것이 바로 그 이유다. 어떤 이들은 자기는 절대로 명청함에 물들지 않겠다고 다짐하지만 결국 대중적 명청함을 피해 가지 못한다. 대중적 명청함이란 예컨대 사람들은 아무리 큰 행운을 지녀도 절대 기뻐하지 않는다는 편견, 아무리 보잘것없는 지성을 지녀도 절대 슬퍼하지 않는다는 편견 등이다. 그 외에도 다들 자신의 운명은 비관하면서 남의 신세를 부러워한다는 생각이 거기에 포함될 수 있고, 오늘을 사는 사람은 어제의 일을 칭송하고 어제를 산 사람들은 오늘의 일을 칭송한다는 생각도 명청하기 짝이 없다. 지나간 것들은 모두 다 좋았고 아직 닥치지 않은 것들도 모두 다 좋을 것이라는 생각 역시 착각에 불과하다. 그러나 무조건 즐거워하는 자 또한 무조건 슬퍼하는 자만큼이나 바보다.

천국에는 기쁨밖에 없고 지옥에는 슬픔밖에 없다. 하지만 그 중간인 세상에는 기쁨과 슬픔이 공존한다. 운명은 손바닥처럼 뒤집힐 수 있다. 행복하기만 한 일도 슬프기만 한 일도 없다. 이 세상은 숫자 영(零)과 같다. 혼자서는 아무것도 아니지만 천국과 연계되면 세상은 많은 것을 의미한다. 운명의 변화를 담담하게 받아들이는 것이 좋다. 그때마다 야단법석을 떠는 것은 현명한 자의 처신이 아니다. 우리 삶은 연극처럼 꼬이고 또 꼬였다가 결국에는 다시 풀리고 또 풀린다. 따라서 인생의 행복한 대단원을 맞이하는 데에 힘써야 한다.

최후의 비법은 나만의 것으로 간직하라. 그래야 남들보다 우월한 위치에서 미끄러지지 않고 항상 거장의 입장에 설 수 있다. 기술을 가르칠 때에는 기술만 가르쳐야 한다. 지식의 원천, 혹은 지식을 전달하는 기술의 밑천까지 다 드러내서는 안 된다. 이를 통해 자신의 명성을 보전하고 남을 내 사람으로 묶어둘 수 있다. 남에게 즐거움이나 가르침을 줄 때에 지켜야 할 수칙 제1조는 상대방의 기대를 자극하고 그것을 완벽함으로 이어 가야 한다는 것이다. 매사에 여유분을 비축해야 한다는 것은 삶의 수칙이요, 승리의 비법이다. 높은 직책에 있을 때에는 더더욱 이 규칙을 따라야 한다.

반박의 기술을 익히라. 이는 탐구 시 커다란 도움이 되는 전략이다. 이때 곤경에 빠지는 것은 자기가 아니라 상대방이 되어야 한다. 누군가를 제압할 때 상대방을 흥분시키는 것만큼 효과적인 방법은 없다. 상대방이 내뱉은 모호한 말을 슬쩍 무시함으로써 가장 깊은 곳에 감춰진 비밀을 캘 수 있다. 이를 위해 달콤한 미끼 몇 개를 던져야 한다. 상대방은 그 미끼를 덥석 물 것이다. 그러면 비밀은 상대방의 혀에서 교활한 술수의 그물망으로 미끄러져 들어간다. 내가 신중을 기할수록 상대방은 긴장의 끈을 늦춘다. 그러면서 꾹꾹 눌러 감추려던 의중을 무심결에 겉으로 드러내고 만다. 알면서도 모르는 체하는 방법은 호기심을 충족시켜주는 만능열쇠다. 배움에서도 스승의 가르침에 이의를 제기하는 방법은 꽤 효과적이다. 제자의 반박에 스승은 한껏 흥분하여 자기가 알고 있는 더 깊은 진실을 내보일 것이다. 다시 말해 적당한 수준의 논쟁이 완전한 배움으로 이어지는 것이다.

한 가지 어리석음에 또 다른 어리석음을 더하지 마라. 한 가지 어리석음을 바로잡으려다 네 가지 어리석음을 범하거나 실수를 무마하려다 더 큰 실수를 저지르는 경우가 많다. 부당한 비난보다 더 나쁜 것은 그 비난을 감싸는 것이고, 실수를 저지르는 것보다 더 나쁜 것은 그 실수를 감추지 못하는 것이다. 제아무리 현명한 자라도 때로는 실수를 저지른다. 그러나 현명한 자들은 실수가 실수를 낳게 하지는 않는다. 적어도 실수를 달리면서 저지르지 가만히 앉아서 저지르지는 않는다.

의사를 전달하는 기술에는 분명하게 전달하는 것과 더불어 생생하게 전달하는 것이 포함된다. 남의 말은 잘 알아듣지만 자기 말은 제대로 전달하지 못하는 이들이 있다. 임신은 쉽게 하지만 아이를 낳을 때는 난산의 고통을 겪는 것과 유사하다. 분명함이 결여되면 영혼의 자식들, 즉 생각과 결정이 세상의 빛을 편하게 보지 못한다. 많은 것을 담을 수는 있지만 밖으로 따라내지 못하는 그릇 같은 이들이 있는가 하면 머릿속에 든 것보다 훨씬 더 많은 말을 할 수 있는 이들이 있다. 의지에 강인한 결단력이 필요하다면 지성에는 탁월한 표현력이라는 재능이 필요하다. 두 가지 모두 뛰어난 재주에 속한다. 빛처럼 선명하게 표현하는 재주를 지닌 현명한 자들에게는 박수가 주어진다. 혼란 그 자체인 자들도 때로는 존경받는다. 아무도 그들의 말을 이해하지 못하기 때문이다. 평범하다는 말을 듣지 않기 위해서라도 자신의 의사를 불분명하게 표현해야 할 때가 있다. 하지만 분명한 개념들로 생각을 표현하지 않는 연사를 청중들이 어떻게 이해하겠는가?

항상 사랑하지도, 항상 증오하지도 마라. 오늘의 친구가 내일의 적, 그것도 숙적이 될 수 있다는 것을 명심하고 그만큼의 신뢰만 주어야 한다. 실제로 그런 일이 빈번하게 일어난다. 그러니 그 일이 내 머릿속에서만 일어나도록 대비하는 것이 현명한 처사다. 우정의 진영을 탈영할 수 있는 친구에게 무기를 쥐어주어서는 안 된다. 나중에 그 친구와 어떤 피비린내 나는 전쟁을 치러야 할지 모르기 때문이다. 반면 적을 향해서는 타협의 문을 조금 열어두어야 한다. 그리고 그 문은 안전을 위한 문이라기보다는 아량을 위한 문이 되어야 한다. 적들 중에도 예전의 복수를 지금의 고통으로 느끼는 이들이 있다. 그들이 예전에 복수에서 느꼈던 짜릿함은 어느새 비탄으로 변질되었을 것이다.

고집에서 비롯된 행동을 절대로 하면 안 된다. 지혜에서 비롯된 행동을 해야 한다. 모든 종류의 고집은 정신이 기형적으로 표출되는 것이요, 일을 절대 올바른 방향으로 끌어간 적이 없는 감정의 소산이다. 매사를 작은 전쟁으로 돌변시키는 이들이 있다. 그들은 사교계의 진정한 무법자들이다. 그들은 늘 승리하기만 바라고 평화적 해결 방법에 대해서는 알지 못한다. 그들이 통치자나 지배자가 되면 멸망은 예고된 것이나 다름없다. 당파 싸움을 일삼는가 하면 자식처럼 여겨야 할 사람들을 적으로 간주하기 때문이다. 그러나 그들의 뒤틀린 심사가 노출되면 모두들 반기를 들고 그들의 터무니없는 계획을 무너뜨려 버린다. 결국 그들은 아무것도 얻지 못한다. 그들의 머리는 우둔하고 심장은 간악하다. 이런 무뢰한들은 피하는 게 상책이다. 반대편 끝까지 가는 한이 있더라도 그들을 멀리해야 한다.

위선자가 되지 마라. 오늘날 때로는 위선을 떨어야 할 때도 있다. 그러나 신중해져야지 교활해져서는 안 된다. 사람들은 자신들이 직접 성실하게 행동하지는 못하더라도 남이 성실할 때 기뻐한다. 그러나 성실함이 고지식함으로 이어져서는 안 되고 현명함이 교활함으로 변질되어서는 안 된다. 현명한 자로서 존경받도록 노력해야 한다. 사람들이 두려워하는 간신배가 되어서는 더더욱 안 될 일이다. 그런데 마음을 터놓는 솔직한 사람은 사랑도 많이 받지만 사기도 많이 당한다. 가장 중요한 기술은 거짓된 것들을 감추는 것이다. 황금시대에는 정직함이 최고의 덕목이었으나 흑철시대인 지금은 교활함이 최고의 덕목이 되었다. 자신의 의무가 무엇인지 아는 자라는 평판은 명예와 신망을 안겨준다. 위선자라는 평판은 비방과 불신의 근원이 될 뿐이다.

사자의 가죽을 입을 수 없다면 여우의 털이라도 뒤집어쓰라. 계획을 용감하게 관철시키는 자는 절대 명예를 잃지 않는다. 힘으로 안 되는 일이라면 머리로 처리해야 한다. 용맹의 넓은 길로 갈 수 없다면 총명함의 좁은 길을 택하면 된다. 그리고 도저히 해낼 수 없는 일이라면 잊어버리는 게 상책이다.

절제는 현명함의 확고한 증거다. 혀는 야생의 짐승과 같아서 한 번 풀어주면 다시 잡아 가두기 어렵다. 말을 아껴야 할 사람일수록 절제하지 못하니 비통할 따름이다.

영광스러운 장점에 배치되는 평형추를 지니지 않은 자는 아무도 없다. 거기에 강한 욕구가 더해지면 그 힘은 폭발적 위력을 지니게 된다. 거기에 맞서 싸우려면 신중에 신중을 기해야 한다. 그러기 위한 첫 단계가 바로 자신의 중대 결점들을 파악하는 것이다. 자기를 지배하려면 먼저 자기 자신에 대해 철저히 알고 있어야 한다. 불완전함을 유발하는 선봉장만 제압하면 나머지 것들은 모두 순종하게 되어 있다.

154

상대방에게 의무감을 부여해야 한다는 점을 늘 명심하라. 사람들 대부분은 있는 그대로의 모습으로 말하는 게 아니라 의무감에 얽매인 방향으로 이야기한다. 우리가 지닌 대부분의 것, 그리고 최상의 것은 결국 남들의 의견에 의해 좌우된다. 누군가에게 의무감을 부여하는 데에는 큰 수고가 들지 않지만 많은 이익을 얻을 수 있다. 나아가 말로써 행동을 얻어낼 수도 있다. 이 세상의 많고 많은 사람들 중 일 년에 단 한 번도 내게 도움이 되지 못할 만큼 무가치한 도구는 없다. 아무리 하찮은 도구일지라도 내 손에 없으면 아쉽게 마련이다.

첫인상의 노예가 되지 마라. 귀에 어떤 말이 들어오는 즉시 그 말과 혼인하는 자들이 있다. 나머지 것들은 잘해야 첩밖에 되지 못한다. 그러나 앞서 오는 것은 늘 거짓말이기에 나중에는 진실이 들어설 자리가 없게 된다. 처음 마주치는 물건에 의지를 빼앗겨서도, 처음 듣는 말에 이성을 상실해서도 안 된다. 이는 정신력이 약하다는 말밖에 되지 않는다. 정신력이 약하다는 사실이 남에게 알려지면 멸망의 길로 들어설 수밖에 없다. 악의를 품은 자들이 그 빈틈을 활용하려고 할 것이기 때문이다. 사악한 이들은 남의 말을 잘 믿는 자들을 잽싸게 자신의 색으로 물들인다. 우리는 늘 두 번째 시도를 위한 여지를 남겨두어야 한다. 두 번째, 그리고 세 번째 소식에도 귀를 열어두어야 한다. 보이는 것을 쉽게 받아들인다는 것은 그만큼 능력이 하잘것없다는 뜻이다. 그런 이들은 감정적으로 치우치기도 쉽다.

험담가가 되지 마라. 험담가라는 인상을 심어줘서는 더더욱 안 된다. 남을 깎아내리기에 급급한 자라는 말밖에 돌아오지 않기 때문이다. 누군가를 희생시키면 사람들의 웃음을 쉽게 얻을 수 있다. 그러나 웃음과 동시에 증오도 되돌아오기 때문에 바람직한 방법이 아니다. 그 자리에 있던 사람이라면 분명 어딘가에서 내 험담을 함으로써 내게 복수할 것이다. 험담을 듣는 사람은 여러 명이고 나는 단 한 명이다. 따라서 그들이 내 말에 감복할 확률보다는 그들이 나를 정복해버릴 공산이 더 크다. 나쁜 일에 기뻐하지 말고, 그 일을 내 말의 주제로도 삼지 말아야 한다. 중상모략을 하는 자는 늘 미움의 대상이 된다. 내 험담을 듣는 상대방이 뛰어난 인물일 경우 나는 더 큰 웃음거리가 되고 만다. 그는 내 총명함을 높이 사기보다는 내 말에 코웃음을 칠 것이기 때문이다. 본시 남의 말을 나쁘게 하면 더 큰 험담이 내게 되돌아온다.

인생을 현명하게 배분할 줄 알라. 휴식이 없는 삶은 여관에 들르지 않고 긴 여행을 하는 것만큼이나 고단하다. 그러나 어쨌든 다양한 지식은 커다란 기쁨을 안겨준다. 그러니 인생이라는 여행 첫날에는 이미 세상을 떠난 자와 교감을 나누라. 삶의 목적은 무언가를 배우고 우리 자신을 아는 것이다. 그러기 위해 진리가 담긴 책들을 읽고 참된 인간으로 성장해야 한다. 여행 둘째 날은 살아 있는 자들과 함께 보내라. 세상의 좋은 것들을 모두 보고 마음에 새기는 것이다. 한 나라 안에서 모든 것을 다 볼 수는 없다. 세상이라는 아버지는 자기가 지닌 재산을 여러 곳에 나누어서 두었다. 가장 못난 자식에게 가장 많은 것을 주기도 했다. 여행 셋째 날은 자기 자신과 함께 시간을 보내라. 철학적 사유야말로 인생의 가장 큰 기쁨이다.

세상을 보는 올바른 눈을 지니라. 무언가를 보고 있다 해서 늘 눈을 뜨고 있는 것은 아니다. 주변을 둘러본다고 해서 그것을 제대로 관찰하는 것도 아니다. 어떤 이들은 더이상 볼 것이 없을 때가 되어서야 보기 시작한다. 그들은 제정신을 차리기 전에 이미 자기가 가진 전 재산을 잃어버린다. 의지가 결여된 지성에게 무언가를 가르치기는 어렵다. 지성이 결여된 의지에게 무언가를 가르치는 것은 더더욱 어렵다.

절반밖에 진행되지 않은 일을 절대로 남에게 보여주지 마라. 시작되는 시점에서는 모든 것이 보기 흉하다. 그러나 흉측한 꼴을 한 번 보고 나면 절대 뇌리에서 떠나지 않는다. 불완전한 모습에 대한 기억은 일이 완성된 후의 즐거움을 망쳐버린다. 거창한 무언가를 마지막에 단 한 번 맛보게 만들면 세부 사항에 대해서는 아무런 판단을 내릴 수 없다. 그러나 이 방법이 입맛을 돋우는 데에는 분명 도움이 된다. 무엇이든 완성되기 전까지는 아무것도 아니다. 이제 막 시작된 무언가의 의미는 더더욱 하찮다. 위대한 장인들은 태동 단계에 놓인 작품을 사람들의 눈으로부터 보호한다. 그들은 이것을 아마도 인간의 꼴을 갖추기 전까지는 자식에게 세상 빛을 보여주지 않는 대자연으로부터 배운 듯하다.

상인의 기질을 조금 익혀둘 필요가 있다. 인생의 모든 것이 신중하게 일어나지는 않는다. 행동도 마찬가지다. 매우 지혜로운 사람이 터무니없이 엉뚱하게 사기를 당하곤 한다. 많은 것을 알고 있기는 하지만 정작 살아가는 데 꼭 필요한 일상의 지식이 결핍되어 있기 때문이다. 그들은 고매한 것들을 관찰하느라 일상적인 것들을 배울 시간이 없었다. 그러나 남들 모두가 알고 있는 꼭 필요한 지식을 알지 못할 경우, 존경받을 수도 있겠지만 표면적인 것만 추구하는 대중들로부터 무지하다는 소리를 들을 수도 있다. 따라서 현명한 자는 상인들에게서 배울 점을 찾는다. 더도 말고 덜도 말고 속거나 조롱당하지 않을 정도로만 배우면 된다. 상인은 일상생활에 필요한 것들에 대해서는 달인의 경지에 오른 사람이요, 인생의 가장 고결한 점은 모를지라도 살아가는 데에 꼭 필요한 것들은 간파한 사람이다. 아무짝에도 쓸모없는 지식을 쌓아서 어디에 쓰겠는가? 오늘날 가장 참된 지식은 바로 살아가는 방법을 익히는 것이다.

타인의 취향을 간파하라. 그렇지 않으면 남들에게 즐거움을 주기보다는 짜증만 안겨준다. 어떤 이에게는 아첨이 될 만한 것이 다른 이에게는 멸시가 된다. 그런가 하면 예의를 차리기 위해서 한 행동이 모욕이 되기도 한다. 기쁨을 안겨주기 위해 들이는 수고보다 불쾌감을 안겨주는 데에 더 큰 수고가 들때도 많다. 상대방의 취향을 알지 못하면 그 사람에게 만족을 주기도 어렵다. 칭찬이라고 한 것이 비난이 돼버리고 결국 처벌만 돌아오는 경우가 있다. 그런가 하면 나는 유쾌한 대화로 즐거운 분위기를 유도했다고 믿지만 상대방은 내 수다 때문에 고문만 당했다고 생각하는 경우도 있다.

부탁의 기술을 익히라. 어떤 이들에게는 부탁하는 게 가장 쉬운 일이고 어떤 이들에게는 부탁하는 게 가장 어려운 일이다. 아무것도 거절하지 못하는 이들이 있는데, 그들에게는 만능열쇠를 쓸 필요가 없다. 그러나 무슨 말을 듣든지 우선 거절부터 하는 이들이 있다. 그들에게 부탁을 할 때에는 재치가 필요하고, 그 외의 누구한테든 부탁을 할 때는 적당한 기회를 살피는 태도가 필요하다. 갑작스러운 부탁은 그들의 기분이 좋을 때 해야 한다. 그러나 앞일을 점치는 상대방의 능력이 내 지혜보다 뛰어나다면 부탁을 삼가야 한다. 사람들은 즐거운 날에는 기꺼이 호의를 베푼다. 기쁨이 안에서 밖으로 넘쳐흐르기 때문이다. 한편, 어떤 이가 거절당하는 것을 뻔히 보고도 덤벼서는 안 된다. 상대방은 이제부터 그야말로 거리낌 없이 거절할 것이기 때문이다. 슬픈 일을 당한 직후도 부탁하기에 좋은 시기는 아니다. 상대방이 그리 인색하지 않은 이라면 슬픈 일이 일어나기 전에 미리 그에게 의무를 지우는 것이 대안이다.

나중에 상여금을 지급해야 한다면 지금 미리 가불해주라. 이는 탁월한 지혜를 지닌 이들이 활용하는 비법이다. 상대방을 구속할 줄 아는 자들은 상대방이 일을 하기 전에 미리 호의를 베푼다. 미리 베푼 호의에는 두 가지 장점이 있다. 주는 쪽에서 서두를수록 받는 쪽에서는 더 큰 의무감을 느낀다는 것이 첫 번째 장점이고, 어차피 나중에 봉급으로 주어야 할 것을 가불해줌으로써 상대방을 구속할 수 있다는 것이 두 번째 장점이다. 이는 의무를 지닌 자를 바꿔치기하는 교묘한 기술이다. 선불로 지급함으로써 일을 시키는 자가 지녔던 보상의 의무가 지급받은 자의 노동의 의무로 탈바꿈하는 것이다. 그러나 천성이 저급한 자들은 선불로 받은 사례금을 박차拍車보다는 고삐로 간주하는 폐단이 있으니 주의해야 한다.

나보다 뛰어난 자의 비밀을 알려고 들지 마라. 나보다 위대한 인물이 내 못남을 연상시킨다고 하여 거울을 깨뜨려버린 이들이 무수히 많다. 우리는 우리의 과거 모습을 기억하는 자를 달가워하지 않는다. 우리의 단점을 간파하는 자라면 더더욱 꼴 보기 싫어한다. 그러나 우리에게 빚진 이는 많지 않다. 우리보다 뛰어난 인물이라면 더더욱 빚질 일이 없다. 우리에게 베푸는 것보다 우리로부터 얻는 것이 더 많지 않은 이상 우리에게 의무감을 느낄 턱이 없다. 친구 사이에 비밀을 털어놓는 일도 위험하기 짝이 없다. 남에게 비밀을 털어놓으면 그 사람의 노예가 되고 만다. 그러니 비밀은 듣지도 털어놓지도 말아야 한다.

내게 모자라는 부분을 파악하라. 몇 가지 점만 개선하면 뛰어난 사람이 될 수 있을 것 같은 이들이 있다. 예컨대 그들에게는 진지함이 결여되어 있어 나머지 뛰어난 재주들에 그늘을 드리우는 식이다. 온화함이 부족한 이들이 있는가 하면 실천력이 결여된 이들도 있고 겸손함을 찾아볼 수 없는 이들도 있다. 이 모든 해악은 자기 자신을 제대로 파악하기만 하면 근절시킬 수 있다. 신중함은 습관을 제2의 천성으로 바꿀 수 있기 때문이다.

흠집만 찾는 자가 되지 마라. 현명한 자가 되는 것이 더 중요하다. 쓸데없이 많은 것을 아는 자는 튀어나온 바늘과 같아서 쉬이 부러지고 만다. 명백한 진실만이 안전을 보장한다. 지성인이 되는 것은 좋지만 수다쟁이가 되는 것은 나쁘다. 장광설과 논쟁은 사촌지간이다. 사물을 있는 그대로 들여다보고 더이상의 것을 억측하지 않는 견실한 지성인이 되어야 한다.

멍청함을 이용할 줄 알라. 진실로 위대한 자들은 때때로 멍청한 카드를 이용한다. 모르는 체하는 것이 최상의 지혜인 때가 있기 때문이다. 멍청한 자 앞에서 지혜롭게 굴거나 아둔한 자 앞에서 현명하게 구는 것은 그다지 도움이 되지 않는다. 즉 사람을 가려가며 언어를 구사해야 하는 것이다. 멍청함을 가장하는 자가 멍청한 게 아니다. 멍청한 자들 때문에 괴로워하는 자가 멍청한 자이다. 거짓 멍청함은 멍청한 게 아니다. 꾀를 써서 멍청함을 가장하는 것이기 때문이다. 반면 꾸미지 않아도 멍청한 것은 진정한 멍청함이다. 호감을 사는 유일한 방법은 가장 단순한 짐승의 가죽을 뒤집어쓰는 것이다.

일을 끝까지 처리하여 성공으로 이끌라. 초장에 온 힘을 다 써버리고 아무것도 마무리하지 못하는 이들이 있다. 그들은 대단한 아이디어를 떠올리기는 하지만 일을 끝까지 실행에 옮기지는 못한다. 이는 의지박약에서 비롯되고 의지박약은 대개 조급함에서 비롯된다. 에스파냐 사람들에게는 조급함이라는 단점이 있고 벨기에 사람들에게는 끈기라는 장점이 있다. 에스파냐 사람들은 일을 하다가 지쳐 끝장이 나버리지만 벨기에 사람들은 지칠 때까지 일하여 끝장을 본다. 에스파냐 사람들은 난관을 극복하는 데에 비지땀을 흘린 뒤 그때까지의 승리에 안주해버리기 때문에 일을 마무리하지 못한다. 그들은 자신들에게 일을 끝낼 능력이 있다는 것은 입증하지만 의지가 결여된 탓에 일을 확실하게 마감하지 못한다. 그러나 일을 흐지부지 끝내버리는 것은 곧 일을 끝낼 능력이 없거나 경솔하다는 것을 의미할 뿐이다.

독창적인 생각, 평범한 것과는 거리가 있는 생각을 표현하라. 이는 남보다 우월한 지성을 지녔다는 증거다. 내 말에 절대 반박하지 않는 자를 높이 평가해서는 안 된다. 내가 아니라 자기 자신에게 애정을 지닌 자이기 때문이다. 이따금 비난을 받는 것도 명예라고 생각해야 한다. 특히 탁월한 이들을 비판하는 이들로부터 비난받는 것이야말로 명예가 아닐 수 없다. 내가 하는 말과 행동이 모두를 만족시킬 때 오히려 슬퍼해야 한다. 그 말과 행동이 아무 가치가 없다는 뜻이기 때문이다. 뛰어난 것을 받아들일 수 있는 이는 많지 않다.

해명을 요구하지 않는 자에게는 절대 변명하지 마라. 자발적인 사과는 잠자고 있던 불신을 깨운다. 현명한 자라면 상대방이 의심하고 있다는 것조차 알아차리지 못한 척해야 한다. 그래야 모욕당할 소지가 싹트지 않는다. 현명한 자라면 상대방의 의심을 올바른 행동으로 잠재운다.

인생의 마지막에 해야 할 일을 처음에 하지 마라. 먼저 휴식부터 취하고 일은 나중으로 미루는 자들이 있다. 문제는 중요한 것들이 항상 처음에 등장한다는 것이다. 부수적인 것들은 나중에 여유가 생길 때 등장한다. 그런가 하면 어떤 이들은 싸우기도 전에 승리를 축하하고 또 어떤 이들은 중요하지 않은 것부터 배우고 정작 자신의 명예를 드높이고 큰 도움이 될 법한 지식들을 쌓는 일은 인생의 후반부로 미룬다. 그렇게 하다가는 행복한 인생을 꾸려나가려는 노력을 시작도 하기 전에 머릿속이 캄캄해지고 만다. 배움에서나 삶에서나 올바른 순서를 따르는 것이 늘 관건이 된다.

아무리 사소한 불행일지라도 과소평가하지 마라. 불행은 홀로 오지 않는다. 행운과 마찬가지로 불운도 연쇄적으로 일어난다. 한 가지 불행은 모든 일을 실패로 돌린다. 불행은 자기 자신과 자신의 생각, 그리고 길잡이가 돼주던 별까지, 모든 것을 잃게 만든다. 만약 불운이 잠자고 있다면 그것을 깨워서는 안 된다. 단 한 번의 실패는 별 의미를 지니지 않지만 그 불행이 꼬리에 꼬리를 물면 일이 어디로 흘러갈지 도무지 파악할 수 없게 되고 만다. 어떤 좋은 일도 모든 면에서 완벽하지 않듯 어떤 불행에도 완전한 끝은 없다. 그러니 하늘에서 오는 것들에 대해서는 인내심을, 땅에서 오는 것들에 대해서는 지혜를 발휘해야 한다.

장점을 보여주는 기술을 익히라. 자신이 지닌 장점은 한 번에 조금씩, 대신 자주 보여주어야 한다. 도저히 따라잡을 수 없을 것 같다는 부담을 상대방에게 심어주어서는 안 된다. 너무 많은 것을 주는 자는 주는 것이 아니라 파는 것이다. 상대방으로 하여금 나에 관한 모든 것을 꿰뚫게 만들어서도 안 된다. 남이 자기보다 훨씬 더 큰 힘을 지녔다는 것을 아는 순간, 사람들은 그 사람과의 관계를 끊어버리기 때문이다. 사람을 잃는 가장 간단한 방법은 상대방에게 지나친 부담을 주는 것이다. 그 부담을 감당하기 싫어서 다들 한 걸음씩 물러나고 만다. 나아가 그들은 부담 때문에 적으로 돌변한다. 무언가를 줄 때 활용해야 할 교묘한 기술은 그것이 그다지 비싸지 않은 것처럼 보여주는 동시에 너무도 갖고 싶게 만드는 것이다. 그렇게 하면 값은 더 뛰게 마련이다.

불행을 함께 감당해줄 사람을 찾으라. 그래야 위험을 홀로 감당하지 않아도 되고 증오를 한몸에 받지 않아도 된다. 높은 직책에 있는 자들은 홀로 영광을 받았으니 대중의 불만도 홀로 감당해야 한다고 주장하는 이들이 있다. 그러나 현명한 자든 무지한 대중이든 영광과 불만, 두 가지 모두를 감당하려는 이는 없다. 똑똑한 의사는 환자를 치유하는 데 실패할지라도 자문을 맡아줄 친구, 나아가 관을 밖으로 함께 지고 나갈 친구를 늘 곁에 두는 것에는 절대 실패하지 않는다.

완전히 다른 사람의 것이 되지도, 누군가를 완전히 내 사람으로 만들지도 마라. 친척도, 친구도, 혹은 아무리 사정이 급한 자라 할지라도 완전히 내 사람이 되지는 않는다. 누군가에게 자신이 가진 믿음 전부를 선물하는 것과 그 사람을 그저 좋아하는 것은 전혀 다른 문제다. 아무리 가까운 사이일지라도 예외적으로 거리를 두어야 할 때가 있다. 그렇다고 해서 우정에 금이 가는 것도 아니다. 때로는 친구도 내게 비밀을 털어놓지 않을 것이고, 때로는 아들도 아버지에게 숨기는 게 있을 것이다. 내게 말할 수 없는 것을 다른 사람에게 말할 때도 있고 남들에게 털어놓지 못하는 것을 내게 털어놓는 때도 있다. 결국 우리는 모든 것을 털어놓고 모든 것을 듣게 되어 있다. 다만 내가 비밀을 털어놓는 상대와 내게 비밀을 털어놓는 사람이 다를 뿐이다.

잊을 줄 아는 사람이 되라. 이 능력은 기술이라기보다는 행운에 가깝다. 우리는 가장 잊어버려야 할 일을 가장 잘 기억한다. 기억력은 단지 우리가 무언가를 절실히 필요로 할 때에만 우리를 배반하는 게 아니다. 전혀 필요 없을 때 가장 잘 발휘된다는 멍청함도 기억력이 지닌 특성에 속한다. 기억력은, 생각하면 얼굴만 화끈거리는 일에서는 최고의 상세함을 자랑하고 자꾸만 떠올리고 싶은 일에서는 최고의 나태함을 자랑한다.

반드시 내 소유가 될 필요는 없는 것들이 있다. 남의 것일 때 기쁨이 배가 되는 것들이 있다. 손상에 대한 걱정 없이 새로운 것에 환호할 수 있기 때문이다. 물건의 소유는 기쁨을 경감시키기도 하지만 걱정을 배가시키기도 한다. 물건은 빌려줄 때에도 걱정이요, 빌려주기 싫을 때에도 걱정이다. 남을 위해 어떤 물건을 잘 보관해봤자 내게 돌아오는 이익은 아무것도 없다. 친구보다는 적을 만들 가능성이 더 커질 뿐이다.

178

너무 선량한 나머지 무시해도 될 만한 사람이 되지 마라. 절대 화를 내는 법이 없는 자가 그런 자이다. 아무런 감정도 느끼지 못하는 자는 존경받는 인물이 되기 어렵다. 그들이 화를 내지 않는 이유는 둔하기 때문이기도 하지만 화를 낼 능력이 없기 때문이기도 하다. 꼭 필요한 때에 감정을 드러내는 것은 강인한 인품을 드러내는 것이다. 새들도 밀짚으로 만든 허수아비를 향해 비웃는다.

179

화살은 몸을 뚫지만 사악한 말은 영혼을 뚫는다. 말로 갚지 못할 것은 거의 없고 말은 불가능도 가능으로 만든다. 입 안에 늘 설탕을 머금고 다니다가 말을 내뱉을 때 달콤함을 더하라. 그러면 원수도 내 말을 감미롭게 받아들일 것이다. 남들에게 호감을 사기 위한 가장 좋은 방법은 평화를 유지하는 것이다.

현명한 자는 멍청한 자가 마지막에 가서야 처음에 할 일을 한다. 두 경우 모두 하는 일은 똑같다. 언제 하느냐 하는 시점에 차이가 있을 뿐이다. 그러나 현명한 자는 적당한 시기에 일하고 멍청한 자는 그릇된 시기에 일한다. 이성이 뒤죽박죽이 된 상태에서 일을 시작한 자는 끝까지 뒤죽박죽인 상태로 밀어붙인다. 바른 쪽과 그릇된 쪽을 분간하지 못하고 매사를 그릇된 쪽으로 몰아간다. 그런 이가 올바른 길을 가게 만드는 방법은 한 가지밖에 없다. 올바른 길로 가도록 강요하는 것이다. 그러나 조금만 생각하면 누가 시키지 않아도 자발적으로 그 길을 갈 수 있을 것이다.

남들이 모두 다 좋다고 하는 것을 홀로 비판하지 마라. 많은 사람들이 좋아하는 것 속에는 분명 좋은 점이 숨어 있다. 혹은 도저히 설명할 수 없는 상황이라고 하더라도 어쨌든 사람들은 그것을 보고 즐거워한다. 그러나 특이한 취향은 늘 남들의 미움을 사고 그 취향이 잘못된 것이라면 비웃음까지 산다. 어떤 물건에 대해 트집을 잡아봤자 그 물건의 명성보다는 자신의 물건 보는 눈에 대한 평판에 흠집만 날 뿐이고, 도저히 공유할 수 없는 취향을 지닌 자라는 평판만 돌아올 뿐이다. 어떤 물건에 대해 좋은 점을 찾아낼 수 없다면 그 물건을 당장 비판하기보다는 장점을 찾아내지 못하는 자신의 무능함을 감추는 것이 좋다. 모두가 옳다고 하는 것은 옳다. 혹은 언젠가는 옳은 것이 되고 말 것이다.

어떤 분야에 대해서든 아는 것이 얼마 되지 않을 때에는 확실한 것에만 매달리라. 그러면 조예가 깊다는 소리는 못 들어도 철저하다는 말은 들을 수 있다. 아는 것도 얼마 되지 않으면서 위험을 감수하는 것은 스스로 멸망의 길에 들어서는 것이다. 그럴 때에는 차라리 안전한 편을 택해야 한다. 이미 입증된 확고한 사실이라면 틀림없기 때문이다. 아는 것이 많지 않을 때에는 이 방법이 왕도다. 또 어떤 분야에 대해 많이 알건 조금 알건 항상 안전한 편을 택하는 것이 남들과 전혀 다른 의견을 내놓는 것보다는 현명한 처사다.

183

매력을 지니라. 매력은 지혜롭고 예의 바른 자가 부리는 마술이다. 자기가 지닌 유쾌한 성격들을 진정한 이익보다는 호감을 얻는 데 더 많이 써야 하지만 두 가지 모두에 이용하는 것도 나쁘지 않다. 호감이라는 뒷받침이 없다면 공적만으로는 충분치 않다. 호감이야말로 박수갈채를 부여하는 본질적인 것이다. 남을 지배하기 위해 쓸 수 있는 가장 유용한 도구는 인기를 얻는 것이요, 인기는 실상 운이 따라야 얻을 수 있는 것이다. 그러나 재주만 있다면 인기를 북돋우지 못할 것도 없다.

품위를 손상시키지 않는 일이라면 남들과 함께 동참하라. 너무 중요한 인물이 되지도 남들이 다 혐오하는 인물이 되지도 말아야 한다. 이는 고결한 인품을 지니기 위한 길이다. 대중의 호감을 사기 위해 때로는 체면도 조금 포기해야 한다. 남들이 다 좋아하는 것이라면 자기도 때때로 좋아해야 한다는 뜻이다. 그러나 품위 없는 일까지 좋아할 필요는 없다. 그랬다가는 오랜 기간 동안 노력해서 쌓은 명예를 한순간의 즐거움으로 날릴 수 있다. 그러나 어떤 일에서 늘 발을 빼기만 해서는 안 된다. 독단적 태도는 결국 나머지 사람 모두를 비판하는 것이 되기 때문이다. 우아한 척하는 것은 더더욱 좋지 않다. 그 일은 우아한 척해야 하는 성별을 지닌 자들에게 맡기는 편이 좋다. 종교적 문제에서도 우아한 척하는 것은 조롱만 살 뿐이다.

자신을 드러낼 줄 알라. 이는 재능 있는 자가 빛을 발하는 방식이다. 재능 있는 자에게는 늘 적절한 시기가 주어진다. 그런 기회를 반드시 이용해야 한다. 승리를 자랑할 수 있는 나날들이 매일 이어지는 것은 아니기 때문이다. 사소한 것도 자랑거리로 만들고 중요한 일은 감탄거리로 포장하는 기술을 지닌 이들이 있다. 탁월한 재주에 그 재주를 뽐낼 수 있는 재능까지 더해지면 그들은 기적에 가까운 자라는 명성을 얻는다. 과시하기 좋아하는 국가들도 있다. 에스파냐는 그중에서도 최고를 자랑한다. 창조의 산물들도 빛이 있어야 모습이 드러나는 법이다. 과시는 많은 것들을 채우고 많은 것들을 대체하며 모든 것들에 제2의 생명을 부여한다. 내용이 실할 때에는 더더욱 그러하다. 완벽함의 대명사인 하늘도 기울기를 이용하여 자기를 과시한다. 하늘에 정점만 있어도 이상하고 기운 면만 있어도 부적절해 보일 것이다. 이렇듯 자신을 드러내는 데에도 기술이 필요하다. 때를 맞추지 못하면 뽐을 내봤자 볼썽만 사나워질 뿐이다. 자기과시에서 다른 어떤 것보다 주의해야 할 점은 허세를 부리지 않아야 한다는 것이다. 그런 행위는 허영심과 경계를 마주하고 있기 때문이요, 허영심과 맞닿은 자기과시는 경멸과 경계를 마주하기 때문이다. 천박해지지 않으려면 절제된 자기과시가 필요하다. 현명한 자라면 지나친 자기과시를 경계한다. 때로는 자신의 완벽함을 경솔하게 겉으로 드러내는 것보다 묵묵함을 택하는 편이 낫다. 재능을 지혜롭게 감추는 것이 가장 효과적으로 과시하는 것일 때가 있다. 상대편은 이쪽에서 감출 때 가장 큰 호기심을 발동시킨다. 자신이 지닌 모든 완벽함을 한꺼번에 드러내는 대신 하나씩 하나씩 드러내며 명성을 조금씩 쌓아가는 것도 지혜로운 기술이다. 위대한 자라면 뛰어난 공적을 담보로 삼은 다음 첫 번째 박수 속에 다음번 박수에 대한 기대를 포함시켜야한다.

반박하는 자에게 반박하지 마라. 누군가가 반박할 때 그 반박이 교활함에서 비롯된 것인지 천박함에서 비롯된 것인지 구분할 줄 알아야 한다. 고집 때문에 반박하는 자도 있지만 반박을 일종의 술책으로 활용하는 자도 있다. 염탐꾼을 상대할 때일수록 더욱 세심한 주의가 필요하다.

지성인의 호감을 사라. 특별한 인물의 불확실한 '예'가 대중의 갈채보다 더 값지다. 지성은 지혜에서 비롯된다. 그렇기 때문에 지성인의 청찬은 그 무엇보다 강력한 만족감을 안겨준다.

자리를 비움으로써 자신에 대한 평가와 평판을 드높일 줄 아는 사람이 되라. 참석이 명예를 깎아내린다면 불참은 명예를 드높인다. 그 자리에 없으면 사자로 간주될 사람도 그 자리에 있으면 보잘것없는 산짐승이라는 말밖에 듣지 못한다. 상상력은 얼굴보다 더 멀리 나아가고, 귀를 통해 들어온 환상은 눈을 통해 빠져나가 버린다. 그러나 명성의 한가운데에 조용히 머무르는 자는 명예를 보전할 수 있다.

성가시게 구는 자가 되지 마라. 그래야 남들이 나를 피하지 않는다. 남들이 내 가치를 알아주기 바란다면 먼저 내가 나를 소중히 여겨야 한다. 그리고 되도록 남들 앞에 모습을 드러내지 않는 편이 어딜 가든 마주치는 사람이 되는 것보다 낫다. 누군가 나를 절실히 보고 싶어 할 때 그 사람에게 다가가야 한다. 그래야 환영받는 인물이 될 수 있다. 초대받지 않은 자리에 절대 참석하지 말고 파견된 자리에만 출석하라. 남들의 의사는 무시한 채 제멋대로 무언가를 할 경우, 그 일이 잘못되면 모든 비난을 홀로 감당해야 한다. 일이 잘 풀리더라도 고맙다는 말을 듣는 경우는 거의 없다.

흥분된 상태에서는 아무런 행동도 하지 마라. 그랬다가는 만사를 그르칠 뿐이다. 제정신이 아닌 상태에서는 자기한테 이익이 될 행동을 할 수 없다. 흥분된 감정이 지성을 자꾸만 밀어내기 때문이다. 이런 경우에는 이성적인 중재자, 즉 감정이 쉽게 동요되지 않는 중재자의 도움을 구해야 한다. 본시 장기를 직접 두는 사람보다는 옆에서 훈수를 두는 사람이 더 많은 것을 보는 법이다. 아무래도 훈수꾼이 더 냉정하기 때문이다. 이성을 상실할 것 같은 기미가 느껴지는 즉시 현명하게 한 걸음 물러서는 지혜가 필요하다.

기회를 잘 포착하라. 늘 상황에 맞춰 적절하게 행동하고 적절하게 사고해야 한다. 그리고 어떤 일을 할 때에도 그 일을 해낼 능력이 있는 시기를 놓쳐서는 안 된다. 시간과 기회는 사람을 기다려주지 않는다. 미리 어떤 계획을 세워놓고 그 계획을 너무 고집해서는 안 된다. 덕행과 관련된 계획만이 예외다. 특정한 조건들이 행동 의지에 제약을 가하게 해서도 안 된다. 오늘 내쳤던 물을 내일 마셔야 하는 사태가 발생할 수도 있기 때문이다.

인간적인 모습을 보여주는 것보다 인간을 더 깎아내리는 것은 없다. 인간적인 모습을 드러내는 순간, 사람들은 그를 더 이상 신처럼 여기지 않는다. 명예를 얻는 데에 가장 큰 장애물은 경솔함이다. 신중한 자는 인간 이상의 대접을 받지만 경솔한 자는 인간 이하의 푸대접을 받는다.

존경심에 사랑까지 더해지는 것은 커다란 행복이다. 대개 존경심을 받기 위해서는 너무 인기가 좋아서도 안 된다. 사랑은 증오보다 더 흔들리기 쉽다. 애정과 존경은 여간해서 결합되지 않는다. 너무 존경받는 나머지 경원시되어서도 안 되겠지만 너무 인기 있는 사람이 되는 것도 바람직하지 않다. 애정은 신뢰를 안겨주지만 애정이 한 걸음 앞으로 나아갈수록 존경심은 한 걸음 물러선다. 감정에서 비롯된 애정보다는 존경심에서 비롯된 애정을 얻는 데 힘써야 한다. 그것이야말로 모든 이에게 사랑받는 길이다.

인품이 직위를 능가해야 한다. 그 반대가 되어서는 안 된다. 내 직책이 아무리 높을지라도 내 인품이 그것을 너끈히 감당하고도 남는다는 것을 보여주어야 한다. 해박한 자는 늘 자신이 맡은 직책보다 더 많은 것을 준비하고 있으며 그렇기 때문에 직위도 점점 더 높아진다. 위대한 아우구스투스는 뛰어난 제후가 되는 것보다는 훌륭한 인간이 되는 것에 더 큰 명예를 걸었다. 고결한 인품은 바로 그런 것에서 기인한다. 근거 있는 자신감도 인품수양에 큰 도움이 된다.

성숙함은 외관에서 드러나기도 하지만 고결한 내면에서 더 큰 빛을 발한다. 성숙한 자는 자신이 지닌 재능을 과시하지 않기 때문에 사람들로부터 존경받는다. 침착한 태도는 영혼의 얼굴이다. 멍청이들의 완고함은 침착함이 아니다. 침착함은 경솔함이 아니라 차분한 권위 속에서 찾아볼 수 있는 것이다. 성숙함은 완전함을 요구하고 인간의 완전함은 성숙의 정도에 의해 좌우된다. 어린아이처럼 굴던 것을 중단해야 진지함과 권위를 얻을 수 있다.

자신의 주장만 너무 내세우지 마라. 누구나 자신에게 유리한 쪽으로 생각하고 자기 말이 더 옳다고 생각한다. 그렇기 때문에 서로 다른 두 가지 의견의 충돌하는 사태가 빈번하게 일어나는 것이다. 각자 자기가 더 이성적이라 우기겠지만 참된 이성은 두 가지 얼굴을 지니지 않는다. 지혜로운 자는 그러한 곤경에 처했을 때 사려 깊게 처신한다. 그는 상대방의 입장에서 상대방의 주장을 꼼꼼히 살핀다. 이렇게 할 경우, 상대방의 주장을 먼저와 같이 혹독하게 비난하면서까지 자기주장을 관철시키지는 못한다.

유능한 것처럼 보이려 하지 말고 유능한 사람이 되라. 아무 이유도 없이 중요한 일을 하느라 바쁜 척하는 이들이 많다. 그들은 매사를 신비스럽게 포장하지만 실상 그 방법에서는 유치하기 짝이 없다. 그들은 비웃음의 마르지 않는 원천이 된다. 허영심은 늘 혐오의 대상이지만 이 경우에서만큼은 조롱의 대상이다. 설령 남보다 뛰어난 재주를 지녔다고 하더라도 그것을 과시해서는 안 된다. 조용히 행동만 하고 말은 남들이 하도록 내버려 두어야 한다. 행동은 하되 그 행동을 팔려고 해서는 안 된다. 영웅처럼 보이기보다는 영웅이 되기 위해 힘써야 한다.

늘 누군가가 나를 주시하고 있다고 생각하고 행동하라. 남들이 나를 보고 있다는 사실, 혹은 보게 될 것이라는 사실을 아는 자가 사려 깊은 자이다. 신중한 자는 벽에도 귀가 있다는 사실과 나쁜 행실은 반드시 해가 되어 되돌아온다는 사실을 잘 안다. 그는 혼자 있을 때에도 온 세계의 이목이 자신에게 집중된 것처럼 처신한다. 어차피 비밀은 없고 모든 것이 만천하에 드러나게 되어 있다는 것을 잘 알기 때문이다. 그렇기 때문에 그는 자신의 행동을 나중에 알게 될 사람들이 지금 이 자리에 증인으로 와서 자기를 보고 있다고 생각하며 행동한다.

세 가지 요소가 경이로운 인물을 만든다. 이 특징들은 신이 베푼 자비의 재능 중에서도 최고의 재능들이다. 그 세 가지란 풍부한 결실을 맺는 천재성, 심오한 지성, 그리고 고결하면서도 유쾌한 취향이다. 무언가를 제대로 파악하는 것만 해도 대단한 능력이지만, 그보다 더 큰 능력은 올바로 사고하고 선한 품성을 지니는 것이다. 스라소니처럼 눈에서 빛을 발하는 자들이 있다. 그들은 가장 어두운 곳에서 가장 옳은 것을 구분할 줄 안다. 또 어떤 이들은 지금 자신이 목표하는 바에 가장 적합한 기회를 포착할 줄 안다. 그렇기 때문에 그들은 아주 많은 것과 아주 좋은 것, 다시 말해 풍성한 결실을 맺는다. 마지막 요소인 훌륭한 취향은 인생 전체에서 양념 역할을 한다.

Baltasar Gracian

세상을 여는 지혜의
황금열쇠

지은이 · 발타자르 그라시안 │ 옮긴이 · 아르투르 쇼펜하우어 │ 옮긴이 · 강희진
펴낸이 · 박은서 │ 펴낸곳 · **새론북스**
편집 · 송이령, 김선숙
마케팅 · 권영제 │ 관리 · 박상기
주소 · (412-820) 경기도 고양시 덕양구 토당동 836-8 칠성빌딩 301호
TEL · (031) 978-8767 │ FAX · (031) 978-8769

http://www.jubyunin.co.kr │ myjubyunin@naver.com

· 초판 1쇄 인쇄일 │ 2009년 1월 25일   · 초판 1쇄 발행일 │ 2009년 2월 5일

ⓒ 새론북스
ISBN 978-89-93536-02-7(03870)